遼金元文學故事

【下冊】

遼金元文學故事（下）

目次

白樸與《唐明皇秋夜梧桐雨》

唐明皇李隆基與貴妃楊玉環的故事，唐朝時候就在社會上廣為流傳，經過白居易〈長恨歌〉的渲染和描寫後，更成為文學作品、戲曲藝術喜用的熱門題材。唐朝陳鴻寫有〈長恨歌傳〉，金院本有〈擊梧桐〉，元代諸宮調有王伯成的〈天寶遺事〉，關漢卿、庾天錫、岳伯川更把李楊故事搬上了戲劇舞臺。而在元代最享盛名的關於這一題材的作品就是白樸的《唐明皇秋夜梧桐雨》。

白樸（一二二六—約一三一〇年）字太素，號蘭谷，原名恆，字仁甫。他的父親仕金為顯宦，幼年的白樸是在富足中成長的。白樸八歲時，蒙古大軍進犯開封，他的母親在開封陷落的兵難中喪生，白樸隨被蒙古軍隊拘管的父親的密友元好問出京，得到金遺民作家元好問撫養培育多年。這場戰亂弄得白樸家破人亡，給他幼小的心靈刻下了很深的傷痕。白樸從此開始吃素，不吃葷腥。人們問原因是什麼，白樸回答：「等見了我的親人，再像從前一樣。」元、白兩家本有通家之好，白樸寄養在元家，好問把他看做親生子侄一樣，愛護備至。白樸有一次生了病，元好問竟晝夜不停地抱持了六日六夜，白樸才在元好問的懷抱中發了一場汗好了。白樸隨元好問讀書，「穎悟異常兒」，學業日進，「號後進之翹楚」。受元好問的影響，長大後的白樸也以遺民自居，謝絕舉薦，不仕元朝，走上了文學創作的道路。也許正是身遭巨變、繁華如夢的身世遭遇和改朝換代的歷史滄桑，使白樸與唐王朝由盛轉衰的幻滅取得了共鳴，才使白樸在寫作《唐明皇秋夜梧桐雨》時，傾注了滿腔的心血與熱情，使這一作品特出於元代。

《唐明皇秋夜梧桐雨》寫唐明皇李隆基寵愛貴妃楊玉環，立下世世為夫婦的誓言，天天尋歡作樂，聽憑權奸播弄朝政，招致安祿山叛亂，被迫幸蜀。行至馬嵬坡，護駕兵將殺貴妃兄——權奸楊國忠，並逼明皇賜貴妃縊死而馬踏之。平叛後，明皇還京養老於西京，日夜思念貴妃。劇中對帝妃之戀的讚美，對他們耽樂誤國並招致自身悲劇的痛惜都化自白居易的詩篇〈長恨歌〉，卻增添了李隆基父納子媳、放縱安祿山和玉環祿山私通的史實情節。作品在唐明皇一上場，就給他安排了一大段獨白。

從這段獨白裡我們可以看到，唐玄宗是一個荒淫無恥的皇帝。六宮嬪妃這麼多，都不中意，偏偏看上了本是兒子壽王妃的兒媳婦楊玉環。為了滿足自己的獸慾，煞費心機，先命兒媳出家當了道士，然後又迫不及待地自己娶過來，冊封為貴妃。這種亂倫的行為歷來為人們所不齒，作者寫這一情節，顯然是對唐明皇荒淫行為的抨擊。接下來，作者又安排了一個情節，丞相張九齡奏請玄宗，按律斬首失機邊將安祿山。明皇見其長得矮小肥胖，就說是「一員好將官」。玄宗問安祿山為何長得如此肥胖，安祿山諂媚道：「唯有赤心耳。」玄宗聽了龍顏大悅，覺得這麼大肚子裡只裝著一個忠心，那麼一定是一個大大的忠心了，就說：「丞相不可殺此人，留他做個白衣將領。」張九齡力諫「留他必有後患」，玄宗則置之不顧。既而又以其會跳胡旋舞，可以解悶，賜給比安祿山還要小的楊貴妃做義子，並封其為平章政事，後因張九齡、楊國忠反對，才改任為漁陽節度使，並幻想他能成為「收猛將，保皇圖」的棟梁之才。處理失機邊將這樣重大的事件，玄宗竟然當做兒戲，不問情由不循法度，甚至為討貴妃歡心，妄加封賞。這一情節的安排，就把玄宗主觀昏庸的性格清晰地勾畫了出來。第三個情節是，年輕貌美的楊貴妃，侍奉的卻是一個年過花甲的皇帝，儘管「朝歌暮宴，無有虛日」，但畢竟排遣不了她精神上的空虛、煩惱，所以當她遇到會跳舞、能解悶的安祿山，就開始與他偷情。後來隱情被哥哥楊國忠看破，奏請玄宗將安祿山送上邊庭，安祿山起兵叛變，其目的一半為了天下，另一目的便是為了楊貴妃。

白樸對這一情節的安排，顯然是受「紅顏禍水」思想的影響，把安史之亂的一半根由歸罪於楊貴妃，並以此來削弱全劇的愛情主題。同時《梧桐雨》又捨棄了〈長恨歌〉所增添的道士仙界覓妃、帝妃終將團圓的情節，以唐玄宗在雨打梧桐的秋夜，苦苦地、淒涼地思念楊貴妃作為結局。於是在讚美上有所削弱，在批評上有所加強，突出了「當時歡會栽排下，今日淒涼廝輳著」的主旨，而更帶有總結歷史教訓的意味。白樸並不像白居易那樣，把李楊之戀看做生死不渝的愛情，而看是造成「今日淒涼」的「當時歡會」。所以並不迴避其中穢事；所以寫了七夕盟誓卻無須應驗，也不會有仙界團圓的幻想。全劇在歡會與淒涼的強烈對比中，表達了一種美好往日如夢消逝以後的寂寞與哀傷，一種對盛衰榮枯無法預料和把握的幻滅感。這既是寫歷史人物，也滲透了作者因金國的滅亡而產生的人世滄桑和人生悲涼之感。

馬致遠與昭君出塞的《漢宮秋》

馬致遠，號東籬，大都人。他生活於十三世紀下半葉到十四世紀初年，曾任江浙行省務官，仕途很不得意，後來加入「元貞書會」。他是元曲四大家之一，著雜劇十三種，今存《漢宮秋》等七種。其散曲近人輯為《東籬樂府》。《錄鬼簿》弔詞對他讚譽極高：「萬花叢裡馬神仙，百世集中說致遠，四方海內皆談羨。戰文場，曲狀元，姓名香，貫滿梨園。」這種評斷並不過分。

馬致遠年青時，情懷豪壯，有「佐國心，拿雲手」的抱負，熱衷於功名，但像眾多中下層漢族文人一樣，懷才不遇，有志難酬，因此他的雜劇飽含憤世嫉俗的精神。如《青衫淚》、《薦福碑》藉白居易、張鎬的故事寫儒士的不幸命運。《薦福碑》第一折這樣寫道：「這壁攔住賢路，那壁又攔住仕途。如今這越聰明越受聰明苦，越癡呆越享了癡呆福，越糊塗越有了糊塗富。則這有銀的陶令不休官，無錢的子張學干祿。」該曲藉張鎬之口，十分悲憤地控訴了元代社會賢愚不分，道德淪喪的現實。作者的憤激之情、抗爭精神全寓於曲中。

馬致遠在經歷了「世事飽諳多，二十年漂泊生涯」之後，「人間寵辱皆參破」，於晚年走入買酒澆愁、修仙證道的歸隱之途。馬致遠信奉全真教，因此他寫了許多神仙道化劇，如《岳陽樓》、《黃粱夢》、《任風子》、《陳摶高臥》，等等。儘管他一再宣揚出家隱居、棄世修仙的快樂，從而贏得了「馬神仙」的美名，但他通過神仙真人「度脫」凡人入道、被度脫者遭受的種種人間磨難，正面表現的是官場黑暗、人世險惡以及功名富貴不可恃、富貴難長久等。這可以說是當時文人儒士所處的黑暗社會環境和自身命運的寫照，反映出他們對社會現實生活徹底失望後，到神仙世界去尋求精神寄託的心理，蘊含著強烈的批判現實的精神。所以說馬致遠的神仙道化劇並非毫無積極意義。

馬致遠最優秀的劇作是被列入《中國十大古典悲劇集》中的《破幽夢孤雁漢宮秋》，簡稱《漢宮秋》。該劇描寫的是昭君出塞的故事。匈奴呼韓邪單于控甲十萬，欲向漢朝請公主和親。漢元帝劉奭安於尊榮，追求淫侈，奸臣中大夫毛延壽投其所好，建議篩選天下美女以充後宮。元帝即封毛延壽為選擇使，承辦此事，將中選者各畫一幅像呈上，供他按圖臨幸。毛延壽乘選美之機，大受賄賂。成都秭歸一堪稱天下絕色的農家女王昭君入選後，因拒絕行賄，被毛點破圖形，發入冷宮。一天夜晚，王昭君在宮中彈琵琶，漢元帝駕幸後宮，聞樂聲尋得昭君，一見傾心。昭君受到寵幸，被賜為明妃。她向元帝揭露毛延壽的私弊，元帝下令捉拿毛延壽。毛延壽畏罪逃往匈奴，唆使呼韓邪單于按圖索取王昭君。匈奴大軍壓境，派使臣索求王昭君，元帝不肯。王昭君雖不願離開漢宮，割捨不下與元帝的情愛，但為國家大計，自請出塞和番，以息刀兵。次日，漢元帝親自到灞陵橋為昭君送行，二人依依惜別。昭君行至漢番交界處，跳江自盡。昭君死後，元帝百日不設朝，悲痛不已。一天夜裡元帝掛上昭君的美人圖，加以懷念，夢中與之相會。醒後聽到孤雁哀鳴，心境更加淒涼。匈奴王後悔被毛延壽離間背盟、與漢結下仇隙，遂將毛綁至漢廷處治，漢番和好。元帝將毛延壽斬首祭獻王昭君。

《漢宮秋》的劇情並不複雜，但與歷史事實出入較大。《漢書．元帝本紀》與《漢書．匈奴傳》記載王昭君「和親」去匈奴事十分簡略，對她的思想性格幾無涉及。而《後漢書．南匈奴傳》卻記載了昭君自動請行和請行的理由：「昭君入宮數歲，不得見御，積悲怨，乃請掖庭令求行。」也寫了漢元帝的後悔：「昭君豐容靚飾，光明漢宮，顧景裴回，竦動左右。帝見大驚，意欲留之，而難於失信，遂與匈奴。」王昭君入匈奴後被封為寧胡閼氏，生一男二女。昭君出塞對促進民族和睦與融合起著積極作用。

《南匈奴傳》中王昭君的「積悲怨」與漢元帝的「意欲留之」，是以後昭君出塞故事演化為悲劇的最早根據。晉人葛洪《西京雜記》裡，有王昭君不肯賄賂畫工毛延壽而不得見漢元帝的情節。南北朝時期的王褒〈明君辭〉中寫「闌殿辭新寵，椒房餘故情」，雖為寄託而虛構，卻成為漢元帝剛寵王昭君又被迫分離的最早文字。孔衍的〈琴操〉（一說為蔡邕撰）則對王昭君故事的結局作了更改，寫昭君去匈奴後，因不肯隨從「父死妻母」的「胡俗」，吞藥而死。唐代的〈王昭君變文〉寫昭君遠嫁，是由於漢室「怯於胡強」所致，把昭君形象提高到為國家和民族獻身的思想高度。歷代詩人吟詠昭君故事之作多達六百首，基本上都是把王昭君當做悲劇人物處理的。借她的不幸身世，抒發文人學士懷才不遇的悲憤，或表達懷念君主的感情；或將她的「和親」之舉作為國家衰弱的象徵，抒發歷史興亡的感慨。歷史上的王昭君雖只有一個，她的藝術形象卻千姿百態，作者們都是藉歷史題材反映現實生活與同時代人的思想情感。

馬致遠作《漢宮秋》，取材於史書，卻不宥於史實，而是在民間傳說和文人創作的基礎上，根據自己的現實感受和主觀情感，對史實作了重大而具有創造性的改編：毛延壽由一個普通畫工變為中大夫；王昭君由一個普通宮女變為元帝的寵妃；漢強匈弱、漢匈和親盟好變為漢弱匈強，漢匈關係對立；昭君自願出塞和番變為是受到了匈奴的脅迫；昭君做了閼氏，生兒育女，變為至界河自盡殉國。經過如此改動，就表現出在外有重兵壓境，內有奸臣作祟的情況下，漢家天子「妻嫁人，夫主婚」的屈辱悲劇，譴責了引狼入室的內奸，嘲諷了貪生怕死的文武大臣，同時揭露了漢元帝的昏庸無能，總結了宋、金滅亡的歷史教訓。作品還批判了呼韓邪單于恃強凌弱、不顧多年和平相處的局面，擁兵索取漢家妃子的侵略行徑，抒發了反抗民族壓迫的情緒。可見作者是在「借他人之酒杯，澆自己胸中塊壘」。劇本以漢、匈重新結盟和好作為結局，則反映了人民要求民族和睦的願望。這樣，《漢宮秋》就成了歷代描寫昭君故事的文學作品中一枝璀璨的鮮花，耀眼奪目。

石君寶與《秋胡戲妻》

秋胡戲妻這個古老民間傳說最早見於劉向的《列女傳》，說的是魯國的秋胡新婚三日便離家宦遊，五年以後回家時在路旁遇到一個採桑女子，秋胡見採桑女子長得很美，便想調戲她，遭到採桑女子的拒絕。秋胡到家以後，才知道這個採桑女子就是自己的結髮之妻。秋胡之妻憎惡秋胡所為，遂「自投於河而死」。在《樂府詩集》中，有〈秋胡行〉一題，收錄了自東漢末曹操至唐高適等九位詩人的三十二首詠秋胡妻的詩篇。此外，在中國文學史上，關於這一故事的作品還有唐代的〈秋胡變文〉。到了元代，石君寶根據這一故事題材，結合元代社會現實，創作了《秋胡戲妻》這部優秀雜劇。

《秋胡戲妻》雜劇較之原有民間傳說，內容情節有所擴張和改變。雜劇第一折〈離別〉

寫秋胡結婚三日，便被勾軍的捉去當兵。秋胡與新娘羅梅英雖然燕爾新婚、兩情繾綣，卻不得不依依惜別。第二折〈拒婚〉寫秋胡一去十年杳無音訊，梅英在家辛勤勞作奉養婆婆。財主李大戶以逼債手段，要梅英的父親羅大戶把女兒改嫁給他。羅大戶貪圖彩禮便答應了李大戶，並誆騙梅英的婆婆接受了李大戶的定禮。李大戶帶著羅大戶夫婦去迎娶梅英，梅英寧死不從，她搶白了父母，痛罵李大戶，並把李大戶推倒在地，李大戶無奈，只得灰溜溜地離去。第三折〈戲妻〉寫秋胡因累立奇功被魯昭公封為中大夫之職，衣錦榮歸，回家途中路過桑園見一採桑女子長得美貌，便無恥地上前調戲，而這採桑女子卻正是秋胡之妻羅梅英，因夫妻分別十年，所以互不相識。梅英勇敢機智地擺脫了秋胡的糾纏，並將其痛罵一頓，秋胡沒有得逞，只好狼狽不堪地離開桑園。第四折〈團圓〉寫梅英從桑園回到家門，見到桑園裡調戲她的那個人竟然就在自己家裡，梅英氣憤已極，拉住他要去打官司。當梅英得知這個男人就是秋胡時，更加氣憤和傷心。這時，婆婆忙把兒子帶回的一餅黃金送給辛苦十年的媳婦梅英。梅英見到這餅黃金正是秋胡在桑園調戲她時用來引誘她的，便當面指斥秋胡，「假如我為黃金所動，就早已失去了清白，早已嫁了人，婆婆也早已餓死了」，並表示不要秋胡的五花官誥和霞披鳳冠，只要秋胡的一紙休書，與他一刀兩斷。正在這時，李大戶和梅英的父母帶人上門搶親，李大戶被秋胡拿下送官府治罪，梅英父母藉故溜走。婆婆見梅英不認丈夫，急得要去尋死，梅英無奈，只好與秋胡相認。

劇中通過梅英與秋胡及李大戶、羅大戶等人的矛盾衝突，塑造了梅英這樣一個勤勞、善良、堅貞、剛烈、倔強、自尊的古代勞動婦女的高大形象。秋胡從軍十載，梅英與多病的婆婆相依為命，「生計蕭疏，更值著沒收成欠年時序」，她採桑養蠶，為人擔水，婆媳倆「受飢寒捱冷餒」，苦撐著這個家，等待秋胡歸來。父母逼她改嫁，她嚴正地指責父親「葫蘆提沒見識！」「我既為了張郎婦，又著我做李郎妻，那裡取這般道理！」母親要她「順父母言」，她答道：「我如今嫁的雞，一處飛，也是你爺娘家匹配！」頂得父母啞口無言。李大戶以錢財引誘她，她搶白李大戶：「你有銅錢，則不如抱著銅錢睡！」還罵他是「鬧市雲陽吃劍賊」。當她發現自己苦盼了十年的丈夫就是桑園中調戲她的「沐猴冠冕、牛馬襟裾」的衣冠禽獸時，雖然丈夫給她帶回了五花官誥、黃金一餅，但她還是向丈夫討要休書，堅決與他離婚，表現了維護自己尊嚴和獨立人格的強烈意識及反抗夫權壓迫的鬥爭精神。

《秋胡戲妻》在個別細節上有疏忽之處。〈戲妻〉一折秋胡路過自家桑園，見到園中採桑少婦，卻沒有聯想到這可能就是自己的妻子，反而欲對其強行非禮。因而在讀劇本時，讓人感到這一細節不夠合理，不夠真實。後來舞臺上演出的戲劇，改為秋胡猜想到採桑女子是自己的妻子，為了考驗妻子是否忠貞，才故意調戲她。梅英回家後向婆婆揭發了秋胡在桑園所為，婆婆用拐杖打了秋胡的腿，讓他跪下向梅英賠禮道歉。這樣改，劇情更為合理，真實可信，也增強了喜劇效果。秋胡由品質惡劣改為做法荒唐，為結尾他們夫妻言歸於好，消除了難以逾越的感情隔閡。

《秋胡戲妻》一劇，戲劇衝突強烈，高潮迭起。特別是〈戲妻〉一折，作為全劇的核心情節，生動地刻畫了梅英堅貞剛烈、勇敢機智的性格，有力地批判了秋胡輕薄荒唐的行徑和醜惡卑劣的嘴臉。

在中國古代封建社會，男女婚姻憑的是父母之命、媒妁之言，婚前男女雙方沒有接觸，而梅英和秋胡結婚三日，秋胡即被徵從軍，一別十年，雙方的面貌都有了很大的變化。秋胡歸來，兩人桑園相會，互不相識，是完全可能的。這便是「戲妻」情節的生活基礎。封建社會片面要求女子謹遵婦道、貞潔自守，男子在外與異性接觸卻不必對自己有所約束。從軍十年的秋胡調戲路遇女子，在當時夫權社會也不奇怪，這便是「戲妻」情節的社會現實基礎。

李直夫與《虎頭牌》

金元時期是我國古代各民族相互融合過程中的一個相對重要的時期。從女真人入侵中原到滅亡（一一二七—一二三四年），就有一百餘年歷史。女真人與漢人共同生活的時間很長，彼此熟悉對方的生活習慣，融合程度也較深一些。女真人努力學習漢民族高度發展的封建生產方式和封建文化，乃至模仿其風俗習慣。他們改用漢姓，著漢人服裝，「唯習漢人風俗」（《金史·世宗》二十七年），一些讀書人還能用漢語進行文學創作，雜劇作家李直夫便是突出一例。

李直夫，《錄鬼簿》記載他是「女真人，德興府住，即蒲察李五」，金代德興府屬西京路，也就是現在的河北懷來。德興府當是從他的先世起流寓寄居的地方。他應屬女真蒲察氏，漢姓為李。據孫楷第先生考證，李直夫是元朝前期至元延祐（一二六四—一三二〇年）間人，曾任湖南肅政廉訪使。作雜劇十二種，今存《虎頭牌》一種。

《虎頭牌》描寫女真元帥山壽馬處罰違反軍紀的叔叔銀住馬的故事。家住勃海寨的女真老漢銀住馬，年紀六十歲，從未做過官。一天他和老伴去探望從小失去父母，由他們夫婦撫養成人的侄子山壽馬，正巧山壽馬升為元帥。銀住馬便要求接替侄子原來的職務，做金牌上千戶鎮守夾山口子。他的老伴不放心：「你平生好一杯酒，則怕你失誤了事。」他的侄兒也說：「叔叔，你受了牌子，便與往日不同，索與國家出力，再休貪著那一杯兒酒也！」他應諾以後一滴酒也不吃了。上任前銀住馬回勃海寨辭別二哥金住馬，二哥也勸他今後要少飲些酒，他卻回答：「哥哥，你放心。如今太平天下，四海晏然，便吃幾杯酒，有什麼事！」上任後，他認為「無甚事，正好吃酒」，於是在中秋節暢飲起來。正在這天敵兵來犯，失了夾山口子。銀住馬由於玩忽職守，透漏敵兵，元帥府多次派人叫他前去受審，他自恃是元帥的叔父，不但不去，反把來人打走，最後元帥派人用鎖鏈把他鎖了去。經審問，銀住馬犯了玩忽職守、貪酒失地、透漏敵兵、失誤軍機、不聽將令、拒捕打人的重罪，山壽馬依照軍法判了叔叔的死刑。當銀住馬就要被推出斬首的時候，山壽馬的嬸娘前來求情，他婉言拒絕：「嬸子請起，這個是軍情事，饒不的。」接著山壽馬的妻子又來求情，他不留情面：

「則這斷事處，誰教你可便來這裡？這訟廳上，可便使不著你那家有賢妻。」最後，元帥府的大小屬官跪於階下，用「於國盡忠，於家不能盡孝，賢者或不然」的道理求情，他毅然決然地對眾官員提出警告：「他是我的親人，犯下這般正條款的罪過來，我尚然殺壞了，你每若有些兒差錯啊，（唱）你可便先看取他這個傍州例。」後來，當山壽馬得知銀住馬曾經追殺敵人，將被擄去的人口牛羊馬匹都奪了回來時，才根據實情，改判銀住馬免去死罪，「杖一百」。銀住馬被打以後，山壽馬又與妻子擔酒牽羊，上門向叔叔賠罪，曉以大義，動以情感，最後終於取得了叔叔的諒解，使銀住馬釋去被侄子責打的怨恨。

在《虎頭牌》中，李直夫塑造了山壽馬這樣一個不徇私情、執法嚴格、忠於職守、忠於國家的三軍統帥形象。山壽馬從小失去父母，由叔嬸撫養成人，他對叔嬸是感恩戴德的。可是，當叔父違犯軍法時，他就非常嚴格地進行審訊和責問：「咱須是關親意，也索要顧兵機。官裡著你戶列簪纓，著你門排畫戟，可怎生不交戰，不迎敵，吃的個醉如泥？」儘管眾官勸解、嬸母和妻子求情，他還是毫不徇私地打了叔叔一百軍杖。他這種「罰不擇骨肉、賞不避仇讎」的賞罰分明的行為，體現了人民理想中的邊廷軍事將領所具有的優秀品質。但是，從親情的一面講，鐵面無私的山壽馬又是非常珍視與叔叔之間的父子般的情分的。在第一折裡當叔嬸來探望他時，他滿懷深情地對叔嬸說：「我自小裡化了雙親，忒孤貧，謝叔叔嬸子把我來似親兒般訓，演習的武和文。我如今鎮邊關為元帥，把隘口統三軍，我當初成人不自在，我若是自在不成人。」第五折山壽馬執法責打叔叔銀住馬時，山壽馬的一曲〈得勝令〉深刻地表達了他內心理智與情感的矛盾：

打的來一棍子，一刀錐，一下起，一層皮。他去那血泊裡難禁忍，則著俺校椅上怎坐實？他失誤了軍期，難道他沒罪誰擔罪？（云）打了多少也？（經歷云）打了三十也。（正末唱）才打到三十，赤瓦不剌海，你也忒官不威牙爪威。

打在叔叔身上，痛在侄子心上；銀住馬血裡難忍，山壽馬在椅子上坐不穩。他知道叔叔應該擔罪挨打，然而又恨行刑的爪牙們的棍子太狠，老是問打了幾下，擔心把老人打壞。第四折山壽馬登門「謝罪」，吩咐祗從：「疾去波到第宅，休道是鎮南邊統軍元帥，則說是親眷家將羊酒安排。休道遲，莫見責，省可裡便大驚小怪。將宅門疾快打開，報與俺那老提控叔叔先知道，則說我侄兒山壽馬和茶茶暖痛來，莫得嫌猜。」上述情節，則充分表明了山壽馬作為一個既有靈魂，又有血肉，既有情感又有理智的真實個人，人性中所具有的對於長輩的摯愛和孝心，而這種人性中的美好情感，更讓我們感到了山壽馬這個鐵面無私的錚錚硬漢的可親可近。

《虎頭牌》中還描寫了女真人的生活習俗，如男子尚武，以「打圍射獵」、「飛鷹走犬，逐逝追奔」為樂，婦女也善騎馬，敬酒之前要向太陽澆奠等，使作品增添了濃郁的民族色彩。

《倩女離魂》：鄭光祖的浪漫愛情曲

在元雜劇愛情婚姻題材類作品中，有許多不朽的名作。元雜劇的作家們用他們靈巧的手，編織了一個個美麗的愛情花環，彈奏出了一支支動聽的愛情樂曲。鄭光祖的《倩女離魂》便是元雜劇優美的愛情協奏曲中獨具特色的一個篇章。

鄭光祖，字德輝，平陽襄陵（今屬山西）人。根據鍾嗣成《錄鬼簿》的記載，他以一個儒生而為杭州路吏，「為人方直，不妄與人交」，因而受到別人的輕視。日久天長，人們逐漸了解了他的人品，他才逐漸受到人們的敬重，「名香天下，聲振閨閣」，雜劇藝人們都稱他為「鄭老先生」。「鄭老先生」所作雜劇有名可考者十八種，流傳到今天的有八種，此外，《月夜聞箏》有佚曲存於《太和正音譜》、《雍熙樂府》和《北詞廣正譜》，現今只存劇目而劇本正文已佚失的有九種。在鄭光祖流存下來的作品中，以《倩女離魂》、《㑳梅香》和《王粲登樓》最有影響。

《倩女離魂》是根據唐代陳玄祐的傳奇小說〈離魂記〉改編而成的。〈離魂記〉的情節大致如下：清河人張鎰在衡州做官，他的幼女倩娘長得十分美麗端莊；他的外甥王宙從小就很聰悟，受到他的器重，常說等倩娘成人後許配給他。因而倩娘與王宙長大以後，就互相眷念起來。但張鎰卻早已忘了自己說過的話，又不知道他們已經相愛。所以當有人向倩娘求婚時，就應允下來。倩娘聞訊後十分抑鬱。王宙也非常憤恨，乃乘船離別張家而去。舟移岸曲，王宙深夜不眠，正在怨嗟時，忽然見倩娘亡命奔來，不禁喜出望外，兩人連夜開船遠飄他鄉去了。在川中居住五年後，因為倩娘思念父母，就雙雙同歸衡州。王宙先到張府謝罪，張鎰卻說倩娘一直病臥閨中，哪有此事。不一會兒舟中倩娘也到，閨中倩娘迎將出來，兩個倩娘合而為一，他們才知道追奔王宙而去的乃是倩娘生魂。

與〈離魂記〉相似的故事在唐以後還有一些，到了元代，鄭光祖便據此創作了雜劇《倩女離魂》。在《倩女離魂》中，張倩女被父母指腹為親許配給王文舉。王文舉在父母雙亡後進京趕考，路過張家所居的衡州，在王文舉與倩女及倩女的母親李氏相見時，倩女的母親卻讓王文舉和倩女以兄妹相稱，並且對王文舉說：「俺家三輩不招白衣秀士，想你學成滿腹文章，未曾考取功名。你如今上京師，但得一官半職，回來成此親事，有何不可？」於是王文舉在折柳亭與倩女母女告別後便乘船進京趕考。倩女眷戀著王文舉，又唯恐婚姻發生變化，怨恨憂慮交加，病倒在床，靈魂卻離開軀殼，追趕進京應試的王文舉，與王文舉共同生活三年。王文舉狀元及第後，因為倩女的離魂思念家鄉，王文舉便同倩女的離魂一同回到衡州。這時，倩女的離魂與臥病在家的軀體又翕然合而為一。

劇本改動了傳奇小說的若干情節，如突出張母的門第觀念——三輩不招白衣秀士，這便構成了倩女與王文舉婚姻的主要障礙。因此，倩女的魂靈離家出走，在擺脫封建家長制控制的意義上，比〈離魂記〉中的倩娘要深刻得多。同時，作品又細緻地描寫了倩女心中的憂慮不安，她怕王文舉「得了官別就新婚」而將她「取次棄捨，等閒拋掉，因而零落」。倩女靈魂離開軀體去與所愛的人相隨相伴，則表現了在以男性為中心的封建社會，倩女作為一個力圖把握自己命運的婦女，對於愛情幸福的積極主動和大膽追求。

雜劇的第二折——離魂，是全劇寫得最好的一折。這一折寫倩女的離魂追趕上泊舟於水邊的王文舉，倩女大膽向王文舉坦露心曲，二人展開了一場精彩的對話：

（王生云：）這等夜深，只聽得岸上女人音聲，好似我倩女小姐，我試問一聲波。

（做問科，云：）那壁不是倩女小姐麼？這早晚來此怎的？

（倩女離魂云：）王生也，我背著母親，一逕的趕將來，咱同上京去吧。

（王生云：）小姐，你怎生直趕到這裡來？

（倩女離魂唱：）你好是舒心的伯牙，我做了沒路的渾家。你道我為什麼私離繡榻——待和伊同走天涯。

（王生云：）小姐是車兒來？是馬兒來？

（倩女離魂唱：）險把咱家走乏。比及你遠赴京華，薄命妾為伊牽掛，幾時撇下。你拋閃咱，比及見咱，我不瘦殺，多應害殺。

（王生云：）若老夫人知道，怎了也？

（倩女離魂唱：）他若是趕上咱，待怎麼？常言道：做著不怕！

（王生作怒科，云：）古人云：聘則為妻，奔則為妾。老夫人許了親事，待小生得官，回來諧兩性之好，卻不名正言順。你今私自趕來，有玷風化，是何道理？……

（倩女離魂唱：）你振色怒增加，我凝睇不歸家。我本真情，非為相唬，已主定心猿意馬。

（王生云：）小姐，你快回去吧！……（倩女離魂云：）王秀才，趕你不為別，我只防你一件。

（王生云：）小姐，防我那一件來？

（倩女離魂唱：）你若是赴御宴瓊林罷，媒人每攔住馬，高挑起染渲佳人丹青畫，賣弄他生長在王侯宰相家；你戀著那奢華，你敢新婚燕爾在他門下？

（王生云：）小生此行，一舉及第，怎敢忘了小姐！（倩女離魂云：）你若得登第啊，

（唱：）你做了貴門嬌客，一樣矜誇。那相府榮華，錦繡堆壓，你還想飛入尋常百姓家？那時節似魚躍龍門播海涯，飲御酒，插宮花，那期間占鰲頭、占鰲頭登上甲。

（王生云：）小生倘不中啊，卻是怎生？

（倩女離魂云：）你若不中啊，妾身荊釵裙布，願同甘苦。

（唱：）你若是似賈誼困在長沙，我敢似孟光般顯賢達。休想我半星兒意差，一分兒抹搭。我情願舉案齊眉傍書榻，任粗糲淡薄生涯，遮莫戴荊釵，穿布麻。

（王生云：）小姐既如此真誠志意，就與小生同上京去，如何？

這一折通過倩女的唱詞和賓白，生動地突出了倩女大膽衝破封建禮教、積極爭取愛情幸福的性格特點，以及她對王文舉愛情的真誠、執著。此外，對王文舉的刻畫也很真實可信，寫出了他既想獲得愛情，又受到封建禮教的毒害，從對倩女的大膽追求半推半拒到最終接受了倩女愛情的過程。倩女的主動進攻，王文舉在幾個應對的回合中終於落入倩女彀中，這一過程寫得絲絲入扣，引人入勝。

《倩女離魂》的曲文詞藻秀美婉轉，幾乎每一折都有出色的文字。比如第二折寫倩女追船時的幾支曲子：

〈小桃紅〉我驀聽得馬嘶人語鬧喧嘩，掩映在垂楊下，唬得我心頭丕丕那驚怕。原來是響噹噹鳴榔板捕魚蝦。我這裡順西風悄悄聽沉罷，趁著這厭厭露華，對著這澄澄月下，驚的那呀呀呀寒雁起平沙。

〈調笑令〉向沙堤款踏，莎草帶霜華。掠濕湘裙翡翠紗。抵多少蒼苔露冷凌波襪。看江上晚來堪畫，玩冰壺瀲灩天上下，似一片碧玉無瑕。

〈聖藥王〉近蓼窪，纜釣槎，有折蒲衰柳老蒹葭。傍水凹，折藕芽，見煙籠寒水月籠沙，茅舍兩三家。

這幾支曲子寫倩女離魂私奔時，一路上緊張、驚惶，誤把捕魚的榔板聲當成追趕她的馬嘶人語聲。水邊的寒雁在靜夜中被驚起，呀呀的叫聲更顯出深夜的寂靜。她顧不得清霜侵濕了她的湘裙、冷露掠濕了她的羅襪，匆忙中，只見蓼窪裡、釣浦畔、蒲葦、衰柳、蒹葭在眼前一一掠過，而遠處的幾間茅舍，更使一個人孤零零地在水邊匆匆趕路的倩女遊魂感到傳伶、寂寞。

這幾段唱詞充滿了詩情畫意，增加了劇作的感染力。這三支曲子，前人稱譽為「清麗流便」，「絕妙好詞」。

呼喚公正與正義的《灰闌記》

在我國歷史上，元朝是個階級壓迫和民族矛盾交雜，階級壓迫和民族矛盾特別嚴重，社會、政治異常黑暗的時代。在元代雜劇中，包公彷彿是公正與正義的化身，在元代這個黑白顛倒、是非不分的時代，人民通過包公的形象表達了他們懲惡揚善的願望，表達了他們對那些權豪勢要、流氓潑皮、貪官汙吏的種種為非作歹、殘害人民的罪惡行徑的審判和判決，表達了他們呼喚平等、呼喚正義的強烈心聲。在包公斷案的雜劇中，也有些作品反映了尖銳的家庭糾紛，在這類有關家庭糾紛的案件中，起因往往是財產和姦情。李行道的《灰闌記》便是一部包公智斷因爭奪財產而引起的家庭糾紛，替家庭中的弱者伸張正義的作品。

《灰闌記》中的張海棠出身於世代書香門第，「祖傳七輩是科第人家」，因父親早逝致使家業凋零，她的母親為了養家糊口，「出於無奈，只得著女兒賣俏求食」，做了妓女。從良以後，張海棠做了馬均卿的次妻，並生了一個兒子，取名壽兒。戲中的矛盾衝突便在張海棠與馬均卿的正妻大渾家之間展開。

在第一折中，張海棠的哥哥張林由於生活困頓，來找海棠求借，海棠因為家中一切事情都做不了主，便拒絕了哥哥。偏巧這件事被大渾家知道了，大渾家讓海棠把衣服頭面送給了張林，又反過來在馬均卿面前陷害海棠，說海棠把東西給了姦夫。馬均卿聽說後一氣之下生了病，便讓海棠去煎碗熱湯。大渾家趁機在湯中放了毒藥，毒死了馬均卿，並嫁禍於海棠。為了達到獨占家產的目的，大渾家為海棠指出了兩種選擇：要麼私休，海棠連親生兒子都不能帶走，隻身離開馬家；要麼官休，告海棠以藥死親夫的罪名。

在這場戲中，海棠的性格經過了一個由忍辱屈從到據理力爭的轉化過程。當馬均卿聽信了大渾家的挑撥，以為海棠把衣服頭面送給了姦夫而責打她時，她始而是悔恨自己：「我這衣服頭面，本不肯與俺哥哥將去，都是她再三攛掇我來。誰想到員外跟前又說我與了姦夫，著我有口難分。這都是張海棠自家不是了也。」並埋怨自己「別無甚忖量，將她來不防」。繼而又哀嘆自己命苦：「也怪不得她栽贓我來，也只是我不合自小為娼！」直到大渾家毒死馬均卿，迫得她走投無路時，她才開口為自己申辯：「姐姐，這湯你也嚐過來，偏偏你不藥死，則藥死員外？」因為自己並沒有在湯中下毒，所以海棠情願與大渾家對簿公堂。

在第二折中，當海棠與大渾家走上鄭州府衙門時，她相信自己是無辜的，也幻想官府會秉公處理，使真相大白，她唱道：

我將這虛空中神靈來禱告，便做道男兒無顯跡，可難道天理不昭昭！你道是經官發落，怎的支吾這場棒拷。我則道人命事須要個歸著，怎肯把藥死親夫罪屈招，平白地落人圈套。拚守著七貞九烈，怕什麼六問三推，一任他萬打千敲。

然而，在鄭州府衙門，正義和公平卻不得不屈服於金錢和權勢。鄭州太守的上場詩：「雖則居官，律令不曉。但要白銀，官事便了。」鄭州太守的下場詩：「今後斷事我不嗔，也不管他原告事虛真，笞杖徒流憑你問，要得錢財做兩下分。」太守不僅貪財，而且無能，升堂聽了馬均卿大渾家的狀詞，竟不知所指，說她「口裡必力不剌說上許多，我一些也不懂得，快去請外郎來」。外郎卻是大渾家的姦夫趙令史。趙令史審理此案，張海棠的命運可想而知，而大渾家又收買了街坊及收生婆等人做偽證，於是張海棠被屈打成招，被判成「因姦藥死丈夫，強奪正妻所生之子，混賴家私」的罪名解送開封府。

第三折是高潮前的過渡。寫張海棠在被押解開封府途中遇見做了開封府祗侯的哥哥張林。張林知道了妹妹的冤情後，決心幫助妹妹在包公面前申冤。

第四折是全劇的高潮，寫包公在披閱案卷時發現了冤情，因此決定重新審理。他把判明誰是孩子的生母作為案件的突破口。包公宣布：把孩子放在白灰撒成的圈內，妻妾二人誰能把孩子從圈內拽出，誰就是孩子的生母。結果，孩子兩次都被大渾家拽出。包公以此判明，大渾家「本意要圖占馬均卿的家私，所以要強奪這孩兒」。由於包公的公正與智慧，張海棠的冤案終於得到昭雪，壞人一個個得到了應有的懲處。全劇以張海棠的一段唱詞來結束：

〈水仙子〉街坊也，卻不道您吐膽傾心說真實？老娘也，卻不道您歲久年深記不得？孔目也，卻不道您官清法正依條例？姐姐也，卻不道您是第一個賢惠的？今日就開封府審問出因依，這幾個流竄在邊荒地，這幾個受刑在鬧市裡。爺爺也，這灰闌記傳播得四海皆知。

它唱出了張海棠由於遭受陷害而抑鬱於心中的憤恨不平，它是對貪贓枉法的腐敗官吏和汙濁的社會風氣的無情嘲諷，也表達了張海棠在冤案昭雪後對主持公正、伸張正義的「包青天」的發自肺腑的感激之情。

《灰闌記》這部雜劇不僅幾百年來在國內舞臺上歷久不衰，在國外也有一定的影響，曾被改編為《高加索灰圈記》在歐洲上演。尤為巧合的是，《聖經》中也有一個與之極為相近的故事：一次兩個婦人到所羅門那裡告狀，都說自己是嬰兒的母親，所羅門就命令把嬰兒劈成兩半，分給二人。一個女人表示同意，另一個女人堅決反對，於是所羅門判定堅決反對的那個女人是嬰兒的母親。

在《灰闌記》中，當張海棠兩次都沒有把孩子從灰闌中拽出，包公問她原因時，她是這樣回答的：

> 妾身自嫁馬員外，生下這孩兒，十月懷胎，三年乳哺，咽苦吐甜，煨乾避濕，不知受了多少辛苦，方才抬舉的他五歲。不爭為這孩兒，兩家硬奪，中間必有損傷。孩兒幼小，倘或扭折他胳膊，爺爺就打死婦人，也不敢用力拽他出這灰闌外來！

這說明不論在東方還是在西方，這種慈母心腸、這種偉大的母愛是一種普遍的人性。而聰明的所羅門和包公，正是基於對這種人性的理解，才判明了案情的真偽。

康進之的《梁山泊李逵負荊》

元雜劇中有許多描寫宋代梁山起義鬥爭故事的戲劇，現存二十多種。而以李逵為主人公的水滸戲為最出名，雜劇作家康進之創作的《梁山泊李逵負荊》是其中的代表，也是現存元代水滸戲中最優秀的一種。劇本描寫李逵因誤會宋江、魯智深強搶民女而大鬧梁山，最後抓住冒名宋江的強盜，為民除害的故事。

這一年的農曆三月三日，正是清明節。梁山泊的頭領宋江給眾弟兄放假三日，讓大家下山祭掃親人。三日過後，就要回山。如果違令，定要斬首。聽到頭領的號令之後，眾人紛紛下山回家。

在梁山泊山腳下的杏花莊，一個叫王林的老漢開了家小酒店。老漢的老伴早已亡故，家中只有一個十八歲的女兒。梁山泊的好漢經常在這裡吃酒。這一天上午，從外面進來了兩個人。他們一個叫宋剛，一個叫魯智恩，是當地的小草寇。他們冒充梁山好漢宋江和魯智深，強行搶走了王林的女兒滿堂嬌做壓寨夫人。老王林哭泣著，眼睜睜地看著女兒被兩個強盜帶走。

黑旋風李逵下山遊玩，看見四處的青山綠柳，心情很高興。路過杏花莊時，他打算到老王林的店裡喝幾壺酒。走進店裡，他看見王林一邊為他倒酒一邊哭泣，便問老漢為何悲傷，王林將兩個自稱為宋江和魯智深的人搶走他的女兒的事情告訴了李逵。李逵問他有什麼見證，王林拿出強盜留下的紅絹給他看。李逵將紅絹拿在手裡，對王林說，我保管三日內把你女兒送回來。說完，氣沖沖地走了。他心想，宋江啊宋江，等我回到山寨，一定把你和魯智深帶來見老漢，看看你做下的好事兒！

李逵回到山寨，對宋江非常氣惱，並說了一些諷刺宋江的話。宋江問他聽到了什麼話，李逵氣憤地嚷道：「梁山泊有天無日，我恨不得砍倒這面杏黃旗！」說著拿起板斧，對著聚義廳前的杏黃旗砍去。眾人急忙把他手裡的板斧搶了下來。宋江生氣地說：「你這鐵牛，有什麼事兒，也不察個明白，就要砍我杏黃旗，是何道理？」李逵大叫道：「眾弟兄！你們聽著，宋公明搶了老王林的女兒做壓寨夫人，老王林哭哭啼啼，這算什麼好漢？」宋江對吳用說，想必是有人冒著他的姓名幹的這件事，只是李逵也太魯莽了，沒有證據，就胡言亂語。於是他和李逵打賭，如果是他搶了王林的女兒，情願被李逵砍頭；李逵也說，若不是宋江幹的，情願賭自己的頭。宋江讓李逵立下了軍令狀，交給吳用收下。然後李逵帶著宋江、魯智深到那杏花莊上找王林對質去了。到了杏花莊王林家中，李逵叫王林認人。王林走上前去，看了看宋江，說不是他；李逵又讓他認魯智深，王林又搖搖頭，說也不是他。李逵有些著急，拉著王林要他再認，王林不停地搖頭，說從未見過這兩個人。宋江見老漢認得他不是搶女兒的強盜，就和魯智深回山寨去了。李逵洩氣地說：「這回就是我的不是了，腦袋怕是保不住了。真是禍從口中出啊，沒來由打的什麼賭。」他告別了王林，慢騰騰地向山寨走去。

老王林剛送走了宋江等人，宋剛和魯智恩帶著滿堂嬌來到了。王林一見女兒，就抱著她痛哭。宋剛對王林說：「泰山，我可不說謊，說三日送回來，今日就送回來了。」王林嘴上說著對他們感謝的話，請他們喝酒，還說明天要殺雞款待他們。他打算把這兩個強盜灌醉了，跑到梁山泊把李逵找來，抓住這個假宋江，為女兒報仇。

宋江和魯智深等人回到了山寨，見到吳用，告訴了他下山認人的結果，說只等李逵回來，便當斬首。過了一些時候，李逵扛著一束荊杖走進山寨。他邊走邊自言自語道：「俺黑旋風真是晦氣，為著別人，輸了自己。到了山寨，哥哥不打，則要砍頭，可憐我李逵死後都沒有一個哭靈上墳的人！」他來到轅門外，見小校排成兩排，知道是宋江升堂了。他無可奈何地挨上前去。宋江見李逵來到，問他肩上背的是什麼，李逵說，他到山澗下砍了一束荊杖，求宋江打他幾下，自己一時間沒有見識，做下了這等魯莽的事。如果不打，他這脾氣總改不過來。宋江故意生氣地說：「我原與你賭頭，不曾賭打。」下令把李逵斬首。李逵一聽要斬首，心裡著急，連忙請吳用和魯智深來勸說宋江。宋江還是不肯饒過李逵，李逵一見沒有辦法，就說：「罷罷罷，他殺不如自殺，反正是一死。借哥哥的寶劍，待我自刎而亡。」宋江解下寶劍，遞給了李逵。正在這時，王林衝了進來，高叫「刀下留人」。他告訴眾人，那兩個強盜把他女兒送回來了，已被他灌醉在家中。宋江對李逵說，我現在給你個機會，如果捉到那兩個惡徒，將功折罪；若捉不到，二罪俱罰，你敢去麼？李逵笑著答應了，說保證手到拿來，甕中捉鱉。吳用叫魯智深幫李逵捉強盜。魯智深起初不願意，吳用勸他看在「聚義」的分上，不要因小忿壞了大體面。魯智深同意了，於是他就和李逵、王林下山，直奔杏花莊而去。

宋剛、魯智恩兩個強盜早上醒來，看不到老王林，還以為他也喝醉了酒，沒有起來。這時候，李逵、魯智深等趕到了。李逵見到宋剛就打，宋剛喊道：「你這大漢，也不通個姓名，怎麼動手便打？」李逵說：「你要問俺的名姓，若說出來，管保嚇得你屁滾尿流。我就是梁山泊上黑爹爹李逵，這個哥哥是真正的花和尚魯智深。」兩個強盜一聽，直嚇得膽戰心驚，想奪路逃走，結果被李逵、魯智深抓住了。老王林和女兒出來拜見二位好漢，說明天要牽羊擔酒，親上梁山拜謝宋頭領。李逵和魯智深告別了老王林，押著兩個賊寇，回到了梁山泊。宋江下令將他二人斬首示眾，並擺下了慶功宴，為李逵、魯智深二人慶喜。

這是一部輕鬆愉快、幽默詼諧的喜劇故事。作品通過李逵和梁山英雄的誤會性的戲劇衝突，歌頌了李逵嫉惡如仇、急公好義、性格豪爽、知錯就改的優秀品質，讚揚了農民革命領袖宋江的寬闊胸懷和長者風度，反映出梁山農民起義軍的英雄和貧苦民眾血肉相連的密切關係。

劇本塑造了梁山英雄李逵的個性鮮明的光輝形象。李逵出身貧苦，對勞動人民有著特殊的感情，他聽說宋江搶了民女，立刻義憤填膺，決心不留情面，找宋江說個清楚，這不僅說明他的愛憎分明的立場，也表現出他對梁山起義事業的熱愛和維護。同時，也反映出他性格上的粗疏和急躁，為後來一連串的誤會預作了鋪墊。李逵大鬧聚義堂的描寫，展開的是一場你死我活的激烈衝突。衝突是由李逵的性格粗疏和莽撞引起的，但卻表現了李逵性格中閃光的一面。他對宋江等人的激烈態度，正是出於他對梁山泊起義事業的無比熱愛和對人民群眾的疾苦的關心。李逵鬧山中還表現出了人物的獨特性格。他時而對宋江冷嘲熱諷，橫眉以對，時而仿效老王林失女後的焦急傷心樣子，喜劇效果十分強烈。下山對質時，李逵的幽默憨直性格表現得淋漓盡致。作者詳寫他的心理活動：宋江走快了，他認為是宋江為到丈人家裡去而心裡高興；宋江走慢了，他又以為那是因為宋江拐了人家的女兒，害羞而不敢快走。而當王林否認了宋江是搶走他女兒的強盜時，李逵知道自己莽撞鑄錯後那種不甘心和窘迫的表情，更是令人忍俊不禁，對人物產生一種自然的喜愛之情。劇本寫李逵的曲辭也十分個性化，而且富於動作性，後來施耐庵《水滸傳》中的「李逵鬧山」的情節，顯然是吸收了這部雜劇的描寫內容的。

元代雜劇的「小漢卿」高文秀

元代雜劇作家的創作活動，大抵可分為前後兩期，前期中除了關漢卿、王實甫這樣著名的作家以外，還有一些較重要的作家。因為雜劇創作成就突出而被當時人譽為「小漢卿」的高文秀，就是其中的一位。

高文秀是山東東平（今山東須城一帶）人，或作都下人。生平事蹟不詳，早卒。有關典籍中說他是「東平府學生員」，孫楷第先生《元曲家考略》認為，高文秀曾做過山陰縣縣尹。高文秀很早就開始了雜劇創作，所寫的劇本有三十二種之多，是個多產的青年作家。從現存的劇目來看，他所寫的劇本題材很廣，有寫夫婦溫情的《京兆尹張敞畫眉》，也有寫神怪大戰的《泗州大聖降水母》，寫歷史題材的劇作也很多，而最多的則是關於水滸故事的雜劇。

以宋代水滸英雄鬥爭故事為題材的雜劇在元代特別興盛，這與當時的社會現實有著密切的關係。元代社會的民眾生活在蒙古貴族的異族統治下，由於社會黑暗，人民所遭受的剝削壓迫比以往任何一個朝代都更加殘酷深重。他們的生命財產毫無保障，受到壓迫和欺辱也有冤無處申，於是他們幻想著能有江湖俠義之士站出來，路見不平，拔刀相助，用暴力的方式，替民眾懲惡除凶，保護人民的利益。而在民間長期流傳的水滸英雄就是這樣的一些人物。他們生活在民間下層，最了解人民的疾苦，為人民申冤報仇也最為直接痛快。元雜劇中的水滸劇反映了廣大人民的生活遭遇，表達了人民群眾的理想願望，於是被大量地搬上了舞臺。

在元雜劇裡以《水滸》為題材的戲，現在存目的有三十餘種，流傳到現在的水滸劇數目，有人認為有六種，也有人認為有十種。從存目的水滸劇來看，以黑旋風李逵為主要人物的雜劇占了很大的比重。李逵是元雜劇中出現得最多，也是塑造得最為成功的人物。而高文秀又是寫了大量李逵劇的一位重要作家，他一共寫了八部有關黑旋風的雜劇，堪稱為李逵戲的專家。這八部劇是：《黑旋風李逵雙獻功》、《黑旋風詩酒麗春園》、《黑旋風大鬧牡丹園》、《黑旋風敷衍劉耍和》、《黑旋風鬥雞會》、《黑旋風喬教學》、《黑旋風窮風月》、《黑旋風借屍還魂》。可惜，除了《黑旋風李逵雙獻功》外，其餘的雜劇都沒有流傳下來。從存目雜劇的題目來看，黑旋風李逵的事蹟和性格，要比後來小說《水滸傳》中豐富得多了。雜劇中的李逵居然能吟詩作賦，在名園裡賞花，在鬥雞會上與人一較高低；還能夠裝扮成塾師，或流連於風月場中。甚至還能「借屍還魂」，與《水滸傳》中的「鐵牛」，竟然是判若兩人了。與小說相比，李逵的活動範圍更為擴大了，他可能是在當時的各種社會生活場面中解人困厄，為民除害，因而成了一位深受民眾喜愛的英雄人物。

高文秀流傳下來的《黑旋風李逵雙獻功》，與另一位雜劇作家康進之的《李逵負荊》，堪稱是元代「黑旋風」雜劇的雙璧。從對李逵性格的刻畫來說，《雙獻功》比《李逵負荊》更具特色。

《雙獻功》寫李逵受了梁山泊首領宋江的命令，化裝成莊家後生，護送孫榮夫婦往泰安神州燒香。臨行前宋江再三叮囑他不得莽撞，要「忍事饒人」。在這種情況下，李逵謹慎行事，細心用計。到了廟前的一個火爐店，孫榮把妻子郭念兒安置在店中休息，就和李逵到外面占房子去了。孫榮妻和她的情夫白衙內，預先已互通聲氣，乘孫榮外出，兩人就私奔了。孫榮得知情況後，向衙門告狀，豈知坐衙門的竟是白衙內，他假充審判官，把孫榮下在死牢裡。孫榮被陷害入獄後，李逵不是莽撞行事，而是裝扮成一個呆漢去探監，用計擺佈了牢子，救出孫榮。關於他的裝呆和用計，劇本有很動人的描寫。作為裝呆的一種手段，他故意三番兩次把監獄說成是牢子的「家裡」，使牢子認定他是一個「傻弟子孩兒」。為了使牢子吃他的蒙汗藥飯，他自言自語地說：「一罐子羊肉泡飯，哥哥不吃，我自家吃。」引得牢子口饞，中他圈套。李逵還扮作「伺候人」混進官衙，用計騙了獄卒，救出孫榮。又趁白衙內和孫榮妻喝酒時，把他們一一處死。李逵帶著兩顆人頭回梁山向宋江邀功。作品中李逵的形象和小說、戲劇中傳統的李逵形象有很大不同。他不是橫衝直撞的莽漢，而是一個十分機智、勇敢的英雄，劇本極力表現了李逵行事謹慎和善用計謀的性格特徵。在某種意義上說，他的形象比《水滸傳》中的李逵形象更為豐滿和生動。

高文秀的雜劇流傳下來的還有《好酒趙元遇上皇》、《劉玄德獨赴襄陽會》、《須賈誶范睢》、《保成公逕赴澠池會》四種。《澠池會》顯然是根據《史記・廉頗藺相如列傳》改編的，在具體情節上與《史記》有所出入。

劇本通過完璧歸趙、澠池赴會和廉頗負荊三個事件的描寫刻畫了戰國時代趙國傑出的政治家藺相如的光輝形象。藺相如在國家危難時刻，毅然出使到秦國去，在強暴的秦昭王面前，不顧生死，維護趙國利益；而對同僚廉頗的欺凌，卻又顧全大局，不計私仇，堅持退讓，終於感動了廉頗，二人重歸於好。高文秀吸取了《史記》的內容並有所創造，他在劇中增加了藺相如關心人民生活的內容，並且著力描寫它。藺相如第一次入秦時，他的親隨認為他不應冒險為使，他回答說：「這一遭入秦為使，也非同小可，則為救蒼生之苦也。」他還說：「則恐士馬相殘，庶民塗炭，怎敢道違程限。」在澠池會上，秦昭王以發動戰爭來訛詐，勒索趙國十五座城池，這時藺相如針鋒相對，要求秦國以它的咸陽相讓。秦昭王惱羞成怒，命從者動武，藺相如又以牙還牙地拔出劍來，不屈服，不投降。這些描寫，同《史記》中藺相如的形象不完全相符。作者在人物的身上，塗上了一層儒家心目中的政治家的色彩。但作為一部藝術作品來說，這些描寫基本上是符合藝術真實的，而且還反映出作者的政治理想。正是這種描寫使藺相如這一形象更富有思想光輝，使《澠池會》這一作品更富有藝術光彩。

從高文秀雜劇作品的題材來看，我們可以看到，作者是特別喜愛以歷史中的勇武壯烈的故事為題材而加以改造創作的。一些歷史上的人物，如伍子胥、項羽、劉備、武松等，都出現在他的雜劇之中。他的語言雄渾爽朗，曲辭中描寫的風景場面，也往往是宏大壯觀的，非常適合於他的題材；劇中人物的對白，也都很符合歷史人物的身份，具有「本色」的特點。當時人稱他為「小漢卿」，是對他雜劇成就的極高評價，也說明了他是一個深受民眾歡迎的作家。

《柳毅傳書》和《張生煮海》

元雜劇中有兩部描寫人神相戀的愛情作品，那就是尚仲賢的《洞庭湖柳毅傳書》和李好古的《沙門島張生煮海》。這兩部作品，藉神話的情節，描寫了書生與龍王女兒真誠相愛，最後結成夫婦的故事，歌頌了主人公見義勇為、頑強不屈的高尚品質，表達了人民對美好愛情的執著追求。

《柳毅傳書》敘述書生柳毅為遭夫家迫害的龍女三娘傳書龍宮，使龍女獲救，最後結為夫婦的故事。

洞庭湖老龍的女兒龍女三娘，嫁給了涇河龍王的兒子為妻。涇河小龍為僕婢誘惑，移情別戀，並在父親面前搬弄是非，使得涇河老龍發怒，罰龍女到涇河岸邊牧羊。三娘心中愁苦，無人同情，寫好了一封家書，想把自己在夫家的遭遇告訴父母，可是沒有人能為她寄往家中。

淮陰書生柳毅，自幼喪父，由寡母把他撫養長大，整日讀書，學得滿腹文章。只因家貧，二十三歲還不曾娶妻。大唐儀鳳二年春天，柳毅上京趕考，科場失利，落第東歸，順路到涇河縣訪友。柳毅來到涇河岸邊，遠遠地看見有位女子在放羊，他很好奇，就上前問候。女子說她是龍女三娘，因受夫家迫害，被罰在此牧羊，寫下了一封家書想託柳毅捎去龍宮，柳毅說人神異路，無法前往，龍女交給他一支金釵，到時用它敲響洞庭湖口廟宇旁的金橙樹，水中就會有人出來，接他到龍宮裡去。柳毅答應龍女，把書信給龍王送去。

柳毅辭別龍女，趕到了洞庭湖口，找到廟宇，拿出金釵在金橙樹上敲了幾下，水中走出幾個夜叉，將他帶到了龍宮。洞庭老龍見到柳毅，柳毅拿出書信，敘說了路遇龍女的經過。龍王之弟錢塘火龍聽說龍女在夫家受氣，氣得大發雷霆，帶領水兵前去攻打涇河龍宮，殺敗了涇河老龍，把涇河小龍吞到了肚裡，救回了龍女。洞庭老龍要把三娘許配給柳毅，柳毅說：「我只為著義氣涉險寄書；若殺其夫而奪其妻，豈足為義士？況且家母年事已高，無人侍奉，情願回家養母。」龍王見他態度堅決，也不勉強。請出龍女，拜謝他寄書之恩，又送了柳毅一些珠寶金銀。柳毅見龍女容貌，與牧羊時大不一樣，心中已生羡慕之意，怎奈話已出口，不好收回。龍女對柳毅也很眷戀，依依不捨地與他告別。

柳毅回到家中見了母親，把自己科場落第，途中為龍女傳書的經過告訴了母親。母親說為他訂了一門親事，乃是范陽盧氏之女，選好了良辰吉日，就要迎娶過門。柳毅說當初龍女三娘要招他為婿，他雖不曾應允，但心中已答應，現在怎地娶別人？在母親的堅持下，舉行了婚禮。拜堂時，柳毅見到盧氏容貌與龍女三娘非常相似，心中很是奇怪。他問盧氏是哪裡的人氏，盧氏告訴他，自己就是那放過羊的龍女三娘。最後，龍女把柳毅母子接到了龍宮，大家歡聚一堂。

《張生煮海》敘述書生張生與龍女瓊蓮一見鍾情，為實現心願，在沙門島燒水煮海，與龍女終於成婚的故事。

東華仙人一心好道，煉丹養性，掌管東華嚴妙之天。在上界的瑤池會上，金童玉女有思凡之心，被罰往下方投胎脫化。金童在潮州張家托生為男子；玉女在東海龍王家托生為女子。等到他們償了宿債，再由東華仙人把他們帶往仙界。

潮州書生張羽，自幼父母雙亡。飽讀《詩》、《書》，卻功名未遂。有一天，他帶著書童在海邊閒遊，看見近海邊有一座古寺，就走了進去。那寺名叫石佛寺，時常有東海裡的水卒到此遊玩。張生在廟中借了一間幽靜的房間住下來溫習經史。到了晚上，張生焚香撫琴，以暢心懷。佛寺所靠的海邊，正是東海龍宮。龍王的小女兒瓊蓮這時帶著侍女翠荷出來遊玩。她們聽到了張羽的琴聲，就循聲來到了佛寺。張生正彈琴，忽然琴弦斷了一根。他知道有人竊聽，出門一見，原來是一位女子。他問女子家住何處，為何夜行，女子回答說，她是龍氏之女，小字瓊蓮，為聽琴而至。張生也說出自己身世，並說他至今未娶，願與龍女成婚。龍女看見張生聰明秀慧，儀表堂堂，心中很是歡喜，願意與他為妻；只因父母在堂，要稟告父母之後，才能應允。她告訴張生，到八月十五中秋之夜，前去她家，才能招為女婿。張生向龍女要一件信物，龍女送給他一幅冰蠶絲織成的鮫綃帕，然後就和侍女告別張生而去。

張生心中牽掛龍女，不等到八月十五中秋之夜，就帶著書童沿著海邊去尋找龍女。走在途中，他遇見了毛女仙姑，便將尋找龍女的事情說與仙姑聽。仙姑告訴他，那龍女原是東海龍王的三女兒瓊蓮。她父親脾氣暴躁，心情惡狠，不會將女兒許配給張生。那仙姑正是東華仙人派來幫助張生的，她給了張生三件法寶：銀鍋一只，金錢一文，鐵勺一把。她教張生到沙門島海邊，燒水煮海。海水就沸騰了，龍王到時準會把女兒送出來與他成婚。張生和書童來到了沙門島海邊，架起石頭，開始煮海。一會兒，鍋裡的水燒滾了，再看大海，果然海水翻騰。東海龍王忍受不了，請佛寺的長老前來說情，勸他不要再煮下去了，並說已經答應招他為東床快婿。張生一聽，心中高興，停止煮海，隨著長老向龍宮走去。

在東海龍宮裡，老龍王擺下了慶喜的筵席，為張生和女兒瓊蓮成婚舉行慶賀典禮。龍王問女兒在什麼地方認識的張生，龍女說，她夜間出海閒遊，在佛寺內聽到張生彈琴，看見他一表人才，心中愛慕，才結下婚約。龍王又問張生，是誰給他的煮海的法寶，張生說是一位仙姑送的。龍王說：「你差點把我熱死了，這件事都是女兒惹出來的。」張生說：「若是沒有這上仙賜給的法寶，怎麼能夠夫妻團圓？」

這時候，東華仙人來到了。他對龍王說，張生和瓊蓮二人前世乃是瑤池上的金童玉女，因為一念思凡，被謫罰下界；如今已經償還了夙願，可以讓他們早離水府，重返瑤池，同歸仙位。東華仙人說完就離開了。張生、瓊蓮二人雙雙稽首拜謝。

《柳毅傳書》和《張生煮海》，可以說是元代神話劇中的「雙璧」。作品採用神話傳說題材，寫人神之間的生死不渝的戀情故事，具有濃厚的浪漫主義色彩。

《瀟湘雨》中的崔通和張翠鸞

《瀟湘雨》全名《臨江驛瀟湘秋夜雨》，是元雜劇中一本出色的家庭劇。作者楊顯之，生卒年不詳。大都（今北京）人，是關漢卿的莫逆之交，他創作的曲詞，都和關漢卿共同商量探討。楊顯之和當時的演員來往密切，著名女藝人順時秀對他以伯父相稱。楊顯之經常替人修改作品，提出一些中肯的意見，因而有「楊補丁」之稱。據《錄鬼簿》記載，他創作有雜劇八種，現存《瀟湘雨》和《酷寒亭》兩種。

《瀟湘雨》是他的代表作，描寫的是張諫議的女兒張翠鸞和書生崔通曲折複雜的婚姻故事。

北宋末年，諫議大夫張天覺，因為屢次向皇帝揭露奸臣高俅、童貫、蔡京等人殘害百姓的罪行，激怒了權奸，被貶放到江州任職。他帶著唯一的女兒張翠鸞離京上任，走到淮河邊上乘船渡河時，因為風急浪大，所乘之船翻入水中，父女失散。張翠鸞被船夫救起，在淮河邊上打魚的老翁崔文遠見她十分可憐，就將她收留，並認為義女。張天覺在水中也被船夫救起，他因為要急於上任，無暇尋找失散的女兒。打算到了江州任上，再發出告示，懸賞訪求女兒的下落。

老漢崔文遠有一個侄子叫崔通，是一個書生。這時他進京趕考順路來到崔家。他看到張翠鸞生得年輕貌美，心中很是愛慕。張翠鸞也為崔通的相貌所吸引，對他產生了好感。崔老漢做主，將義女張翠鸞許配給崔通為妻。崔通指天發誓，說將來決不負心。婚後崔通赴京趕考，他遇到了一個不學無術、只懂得盤剝考生錢財的糊塗試官趙錢。試官在複試的時候看到崔通生得一表人才，並且能吟詩作對，就問他成婚沒有。崔通問成婚怎樣，不成婚怎樣。試官說，如果崔通已經成婚，就去秦川做知縣；如果沒有成婚，就把自己的女兒嫁給他為妻。崔通心想，家中的妻子只是伯父收養的義女，對自己的前程沒有什麼幫助，如果做了試官的女婿，準能夠飛黃騰達。於是他說自己尚未成婚，就娶了試官的女兒。試官將他派到秦川任縣令，崔通帶著夫人上任去了。

張翠鸞在家中等待崔通的消息，沒想到他一去三年未歸。後來聽說崔通在秦川做縣令，義父崔文遠為她準備了盤纏，叫她到秦川尋夫。張翠鸞來到崔通的府邸，讓門人通報說崔通的夫人來到。試官女兒一聽大怒，崔通連忙遮掩過去，出外與張翠鸞相見。張翠鸞責備崔通負心絕情，停妻再娶；他的夫人也罵崔通欺騙自己，禽獸不如。崔通對夫人說，張翠鸞是他家的一個使女，並且還偷了他家的銀壺臺盞出逃在外。說著就讓手下人把張翠鸞拉下去毒打。張翠鸞毫不屈服，不停地大罵崔通忘情負義。崔通讓人把她的臉上刺上了「逃奴」二字，判她發配沙門島，並且讓差役在路上把她折磨死。

時逢秋雨連綿，路途泥濘。張翠鸞帶著枷鎖，在差役的催逼之下，日夜兼程地趕路，吃盡了種種苦頭。在一個風雨交加的夜晚，張翠鸞和差人來到了臨江驛。為了躲避風雨，他們想投宿在驛站。正巧臨江驛中住著一位提刑廉訪使，驛卒拒絕讓他們進去寄宿，就把他們關在門外。張翠鸞想到自己悲慘的命運和痛苦的遭遇，就在外面啼哭了一夜。她的哭聲惹惱了睡不著覺的廉訪使大人。這位廉訪使正是張翠鸞失散三年的親生父親張天覺。如今他受到皇帝的重用，被提升為廉訪使，並且皇帝還賜給他勢劍金牌，派他訪察貪官汙吏，審理不明案件。因為連日秋雨，才暫時住到這臨江驛。張翠鸞在門外不停地啼哭，驚擾得張天覺睡不好覺，於是他派人把他們帶了進來。一見面，才知道張翠鸞正是自己失散的女兒。翠鸞向父親訴說了自己的悲慘遭遇，父親表示要為她出氣，讓張翠鸞親自帶著差役到秦川去拿崔通和試官女兒前來問罪。二人被帶到以後，張天覺把他們定為死罪，決定在通衢斬首示眾。正在這時，老漢崔文遠為了尋找張翠鸞從家中趕到了，他上前為崔通講情。崔通這時也表示情願休了試官女兒，與張翠鸞重新結為夫妻。張天覺問張翠鸞的想法，她表示願意與崔通合好，重為夫妻；還要求把試官女兒臉上刺字作為自己的侍女。事後張天覺仍舊叫崔通帶著張翠鸞到秦川上任為官。

《瀟湘雨》揭露了封建社會男子貪圖富貴、喜新厭舊、停妻再娶的醜惡的社會現象，對被壓迫、受損害的婦女表現出極大的同情。劇本通過具體的描寫，刻畫了崔通和張翠鸞兩個性格鮮明的人物形象。

崔通是封建社會中心地卑劣、行為可恥、庸俗而狠毒的負心士子形象，是「陳世美」之流的人物。他在崔家見到張翠鸞生得美麗，就頓起豔羨之心，與之成婚；臨行前還發下海誓山盟，說「小生若負了你啊，天不蓋，地不載，日月不照臨」。當試官要招他為婿時，他看到可以藉成婚作為飛黃騰達的機會，就背棄前言，停妻另娶。當張翠鸞出現、他的未婚假象被揭穿之時，竟然恩將仇報，將前去認夫的張翠鸞誣作偷竊財物的婢女而嚴加毒打，刺字發配，妄圖置之死地而後快。他的醜惡嘴臉和狠毒手段在第二折裡面表現得淋漓盡致。對前妻他百般仇視，嚴刑毒打，還說：「左右，你道他真個是夫人那。不與我拿翻，不與我洗剝，不與我著實打，你須看我老爺的手段，著你一個個充軍。」對試官女兒，他多方逢迎，哄騙討好，唯恐她惱怒，得罪了那個提拔他的試官。他對張翠鸞，務必要趕盡殺絕。當試官女兒看出張翠鸞是崔的前妻，主張留她在家中做一個侍女時，崔通卻毫不回心轉意，一口咬定自己並無前妻，反而拉著夫人到後堂吃酒去。作品把他的醜惡靈魂和殘忍的性格刻畫得淋漓盡致，成為一個士人中的負心漢典型。

劇中的張翠鸞是封建社會中具有反抗精神的受迫害婦女形象。她的經歷遭遇，在封建社會中具有一定的代表性，在很大程度上反映了封建時代婦女的悲慘命運和低下的社會地位。她出場時就是一個在災難中喪失了父親，無家可歸的弱女子；婚後三年，又遭到了負心丈夫的遺棄；尋夫時反遭無情漢的毒打和流配的苦刑。

面對這些打擊，她並沒有逆來順受，委屈地接受命運的安排，而是表現出一定的反抗精神。她當著試官女兒揭露崔通的停妻再娶的負心行徑，公開指責他背棄誓言，控訴崔通對她的無辜迫害，並要領自己的義父前來對質；在被流放之時，還預言崔通的惡行必將得到報應。人物的反抗精神是較為強烈的，表現出封建社會中被壓迫婦女為自己命運進行鬥爭的頑強精神。作品描寫張翠鸞發配途中冒雨行路的一些曲辭，借景抒情，有力地襯托出女主人公的性格和心理活動：「行行裡著車轍把腿陷住」（〈喜遷鶯〉）；「眼見的淚點兒更多如他那秋夜雨」（〈隨喜〉）。作者通過主人公在荒郊野外行路的艱難，表現出她銜冤負屈的痛苦，又以秋天的淒風苦雨，襯托出她「淚比雨多」的悲傷情懷，具有感人的藝術效果。

劇本的結局處理，有明顯的缺陷。作者過多地描寫張翠鸞對試官女兒的仇視，把崔通負心的責任全部歸罪於試官女兒，而對崔通卻未加懲罰。這在一定程度上損害了作品的思想性。張翠鸞頭腦中「從一而終」的封建觀念，表現了人物的思想侷限。

《范張雞黍》與《七里灘》

《范張雞黍》和《七里灘》都是元代著名雜劇作家宮天挺的作品。宮天挺，字大用。河北大名人。生卒年不詳。曾做學官，為鈞臺書院山長，被權豪中傷，離去，後雖事獲辨明，亦不見用，卒於常州。他是在政治上受到打擊因而終身不得志的文人。他與鍾嗣成之父有莫逆之交，情同手足。鍾於《錄鬼簿》中記載：「余常得侍坐，見其吟詠。文章筆力，人莫能敵；樂章歌曲，特餘事耳。」他所作的雜劇有六種，即《范張雞黍》、《七里灘》、《鳳凰樓》、《託公書》、《汲黯開倉》、《越王嘗膽》。現存前兩種。他擅長創作歷史劇，劇中多寓託古諷今之意，故於發洩對現實不滿的同時，往往流露著避世思想。《太和正音譜》評其詞「如西風雕鶚」。

《范張雞黍》，全名為《死生交范張雞黍》，根據《後漢書・范式傳》改編，我們現在使用的「素車白馬」這一成語就出自於此。劇本敘述的是後漢范式和張劭生死之交的故事。他們憤恨奸臣當道，不苟仕進，而以隱逸為高。范式少年時期遊太學，與張劭成為至交好友。兩人一同告歸鄉里，友人孔嵩、王韜來送行，約定兩年後的今天到張家相會。兩年時間一轉就過去了。到了約定的日子，張劭請老母親殺雞煮黍，等待范式。范式果然不負老友信任，不辭千里如期趕赴張劭的「雞黍會」。後來有一天，范式夢見了張劭鬼魂，鬼魂告訴他，讓他好好照顧自己的老母和妻子。范式醒後，馬上趕赴張家，千里送葬。等到了張家一看，張劭已經亡故，發喪的靈車已快走到了墓地。就在這時，靈車突然不動，直到范式素車白馬而來，親陪靈車，這樣才下得墓穴。范式又為張劭守墓百日。後來太守仰慕范式的德行，推薦他為官。范式做官後，遇見孔嵩，從他那裡得知王韜的官職乃是將孔嵩的萬言書冒為己作而竊得的，於是推舉孔嵩，懲罰了王韜，伸張了正義。《范張雞黍》歌頌了朋友之間重承諾、守信義、生死不渝的品質。作者並不僅限於宣揚一些道德規範，他在劇中增加了一個插科打諢的人物——考官的女婿王韜，並對他竊文得官的卑劣行徑進行了諷刺和抨擊。

《七里灘》，全名為《嚴子陵垂釣七里灘》。劇本敘述了東漢光武帝劉秀少年時，為躲避王莽的搜捕，隱姓改名，在南陽和隱士嚴子陵結為好友。劉秀做了皇帝後，嚴子陵避讓名利，垂釣灘邊，閒淡過活。光武帝派人宣嚴子陵入朝為官，遭到了堅決的拒絕。劉秀寫了一封親筆信，派人以布衣朋友之邀請嚴子陵，嚴子陵只得赴會。入朝時，光武帝大擺鑾駕相迎，次日又設盛宴接風，可嚴子陵只敘離情，不肯出來做官。當漢光武向嚴子陵誇耀帝王家的富貴時，嚴子陵奚落他說：「只是矜誇些金殿宇，顯耀些玉樓臺，遮末是玉殿金階，我住的草舍茅齋，比您不曾差夫役著萬民蓋。」把人民自己蓋的草舍茅齋看得比帝王強迫人民修建的玉殿金階還可貴。於是，嚴子陵在席上告別，仍回七里灘隱居。劇本以讚頌的筆觸寫嚴子陵絕意仕途、隱居樂道的處世態度，反映出元代部分知識分子希冀逃避現實的思想。作者一面誇寫退隱之高，一面描寫朝市之鄙，文字高爽清俊，風格亦較清雅恬淡。宮天挺在政治上遭受著種種迫害，所以他藉著歷史故事，來表示自己對政治的不滿，發洩憤世嫉俗的思想感情，而嚮往著退隱的生活。故王國維在《元刊雜劇三十種》序錄裡說：「大用曾為釣臺書院山長，故作是劇也。」並評價該劇「雄勁遒麗，有健鶻摩空之致」。

《七里灘》在《古今雜劇》中未著作者名氏，《錄鬼簿》宮天挺名下有《嚴子陵釣魚臺》一種，可能就是此劇，今人多以此為據，把它列為宮天挺現存的雜劇。但天一閣本《錄鬼簿》張國賓名下，也著錄《嚴子陵垂釣七里灘》一種，賈仲明補作張氏弔詞，亦有「七里灘頭辭主」語，所以另有一說認為，《七里灘》為張國賓所作，究屬何人所作，似尚未能確定。

宮天挺的風格接近馬致遠。他作品中所表現的失意文人的憤恨，韜光退隱的思想，以及引書用典的習氣，在前期馬致遠的《任風子》、《岳陽樓》等神仙道化劇中已有明顯的反映。前面引述的《范張雞黍》第一折之〈天下樂〉中對現實的不平，正是他個人遭遇的反映。它和馬致遠的《薦福碑》中所表現的「如今這越聰明越受聰明苦，越癡呆越享了癡呆福，越糊突越有了糊突富」的憤懣情緒是一致的。

《敬德不伏老》與《蕭何追韓信》

楊梓和金仁傑都是元代後期的雜劇作家，分別以《不伏老》和《追韓信》而享譽劇壇。

楊梓是浙江海鹽澉浦人，他集高官和文藝家於一身。楊梓的雜劇表現的都是忠義思想，其中最好的、最有影響的，是《功臣宴敬德不伏老》。該劇取材於《舊唐書·尉遲敬德傳》，寫的是尉遲敬德獲罪被貶，後又立功復職的故事。尉遲敬德，名恭，以字行，隋末歸唐，戰功卓著，為唐朝開國元勛，封鄂國公，凌煙閣畫像列第七。《不伏老》寫唐太宗設功臣宴，皇叔李道宗無功而搶占上座，尉遲恭怒而打落其門牙，被削職為民，居於職田莊。以徐茂公為首的眾公卿到十里長亭給敬德送行，秦叔寶因病未到。三年後，高麗國王見大唐病了叔寶，貶了敬德，便派大將鐵肋金牙入侵，單搦尉遲出戰。唐太宗命徐茂公宣尉遲掛印出征，尉遲已年七十歲，加之怨恨被貶事，遂詐瘋不肯出。徐茂公命軍士到尉遲恭家騷擾，尉遲怒而責打軍士。徐茂公乘機揭穿其裝病，並用激將法說尉遲年邁無用。尉遲被激而奮然出征，披掛上陣，生擒鐵肋金牙。皇上加官賜賞。

《敬德不伏老》歌頌了尉遲敬德的英雄氣概和忠心報國不伏老的精神，同時對「君負其臣」、皇族欺壓功臣的現實進行批判，矛頭直指封建皇帝。該劇還反映了元代文人的特有心態：一方面憤世嫉俗，有感於「想為官的如騎著虎」的宦途險惡、欲隱退全身，另一方面又渴望像尉遲敬德那樣建功立業，這種矛盾心理很有代表性。劇本的最大成就，是成功地塑造了老將尉遲敬德的英雄形象。他倔強英武、粗豪爽直、爭強好勝，既有反抗性，又有報國的赤膽忠心。皇叔居高自傲、無視功臣，尉遲老將也敢太歲頭上動土——打落皇叔兩顆門牙，聊示薄懲；皇帝偏袒皇叔，將尉遲削職為民，尉遲也不謝萬歲不殺之恩，而是尖銳地指出：「若留得個惡楚強秦，怎生便敢誅了韓信？」這是在逆境中反激的火花，耀人眼目。貶謫以後，他深感官場險惡，決心急流勇退。但在大敵當前和徐茂公的激發下，他那英雄本色和報國忠心又顯露出來。這個形象是光輝動人的，同時又是豐富複雜、真實親切、富有喜劇性的。第三折把兩個性格相反的人物放在一起對照寫來，讓老敬德這個憨直、魯莽的硬漢子在足智多謀的徐茂公面前裝瘋弄假，妙趣橫生、興味盎然。

《敬德不伏老》一劇的結構布局也很獨特，一般元雜劇，高潮多在第三折或推遲到第四折，而本劇第一折即出現高潮，矛盾激化，達到頂點，令觀眾精神為之一振。這種布局方法在元雜劇中頗為少見。該劇語言質樸而又豪放，本色而又風趣，十分個性化。作品運用了大量排比句，氣勢豪放，符合尉遲恭的英雄本色。

和楊梓同一時期的另一個雜劇家金仁傑（？—一三二九年），字志甫，杭州人。與鍾嗣成相交二十年，年齡略大於鍾嗣成。天曆元年（一三二八年）授建康崇寧務官，次年卒。金仁傑所作雜劇今知有《追韓信》、《東窗事犯》等七種，僅存前一種。另外，他還作有話本小說《東窗事犯》，嘗試著用不同的文學體裁去表現同一素材的內容，體現著話本和戲劇互相交流的趨勢，可惜這篇小說已失傳了。

金仁傑所作雜劇全是歷史題材戲。《蕭何月下追韓信》是僅存的一種，有元刊本，僅載曲詞和部分科白，並有缺頁。因而只能見其大概。韓信是秦漢之際傑出的將領，劇本寫他乞食、求仕、拜將、立功的故事。韓信未得志時，家貧窮，大雪天他在淮陰市上乞食，受人鄙視。惡少仗劍欺凌韓信，使他受胯下之辱。只有漂母哀憐他，以一飯相贈，韓信感恩不盡。韓信努力尋找施展才華、實現抱負的途徑。初投楚霸王項羽，因不得志，改投漢王劉邦，也不被重用，遂一怒離漢而去。蕭何聞知，連夜將他追回，再三推薦，劉邦始拜韓信為大將。樊噲不服，受到韓信責罰。韓信為劉邦分析楚、漢雙方的形勢，作出了最後擊敗項羽的決策。垓下之戰，韓信率軍大敗楚兵。項羽鄉人呂馬童向劉邦報告項羽兵敗，烏江自刎的情形。韓信因功受賞。劇本結局有些倉促草率。

該劇雖然寫的是秦漢間的故事，但深深地烙上了元代社會的印記。主要表現在作者著力表現了韓信困厄的境遇、懷才不遇的苦悶和徬徨；另外也寫他「煙波名利」兩為難的思想，反映了元代許多知識分子徘徊在仕途與退隱之間的處境。這種矛盾的心理與楊梓的《敬德不伏老》雜劇是相同的。據歷史記載，韓信是劉邦興漢滅楚戰爭中的得力幹將，劉邦稱他為「人傑」，並說：「連百萬之軍，戰必勝，攻必取，吾不如韓信。」（《史記・高祖本紀》）但這樣的英才也曾埋沒流離，壯志難酬，投奔無門。因此他的遭遇足能引起元代失意文人的感慨與同情。作者著意刻畫了韓信孤傲不群的性格和壯志難酬的悲憤，寄託著對當時黑暗政治的無比憤懣。

「秋思之祖」馬致遠的散曲

一個人的字與號，原本只是這個人的標記，而馬致遠（名不詳）的字與號恰恰代表了他這個人的個性與追求。「致遠」取寧靜而致遠的意思，號「東籬」，取陶淵明「採菊東籬下，悠然見南山」，則意在效法陶淵明的退隱情趣。他的生年要比白樸晚，並沒有親身經歷過金末元初的大動亂，又何以會有這樣的人生態度呢？這仍可追溯到他生活遭遇的不幸。元代社會是特別黑暗的，當時知識分子受到極為嚴重的壓制和摧殘，他們覺得前途渺茫，命運難測，在生活的重壓下，許多人產生了避世、厭世的情緒，表面看來顯得對生活十分曠達與超脫，實際上則是一種無可奈何心情的表現。在青年時代，馬致遠也曾追慕功名，但他的才能並沒得到重用，殘酷的現實使他對社會有了認識，對仕途感到絕望，於是在找不到生活出路的情況下，他和元代許多有才華的作家一樣，把自己的藝術才能獻給了戲曲創作事業，成為與關漢卿、白樸、鄭光祖齊名的「元曲四大家」之一，在雜劇和散曲創作上煥發出奇異的光彩。

馬致遠所作雜劇有十五種，現存《漢宮秋》等七種，其中體現了他對歷史上的是非觀念的認識和對社會現實的批判，也明顯反映出企圖逃避現實的消極情緒。在他的散曲中，表現了與此相一致的思想傾向。

根據他在不同時期所作的散曲，可以看出馬致遠在各個不同時期的思想變化過程。在〈黃鐘・尾〉中，他表達了對功名的追慕和渴望：「且念鯫生自年幼，寫詩曾獻上龍樓。」而在〈南呂・金字經〉中則表現了仕途失意的慨嘆：「夜來西風裡，九天鵰鶚飛，困煞中原一布衣。悲！故人知不知，登樓意，恨無天上梯。」由對社會現實的認識，進而發展為對仕途之路的絕望，「布衣中，問英雄：『王圖霸業成何用？』禾黍高低六代宮，楸梧遠近千官塚，一場惡夢！」對社會現實的不滿和絕望，引起他對歷史上興亡演變的事實的苦苦思索，從而有大量的在一定程度上觸及到當時社會現實，與反映作者自己的生活和思想的雜劇問世。像《薦福碑》、《青衫淚》、《漢宮秋》等，都具有一定的社會意義。在著名的〈秋思》套曲中，直接表露了對歷史上的功過是非和現實社會的態度：

〈雙調．夜行船〉百歲光陰一夢蝶，重回首往事堪嗟。今日春來，明朝花謝，急罰盞夜闌燈滅。

〈喬木查〉想秦宮漢闕，都做了衰草牛羊野。不恁麼漁樵沒話說。縱荒墳橫斷碑，不辨龍蛇。

〈慶宣和〉投至狐蹤與兔穴，多少豪傑！鼎足雖堅半腰裡折，魏耶？晉耶？

〈落梅風〉天教你富，莫太奢，不多時好天良夜。富家兒更做道你心似鐵。爭辜負了錦堂風月。

表面上看是說興衰無常，世事難料，歷史上的是非功過也只是過眼雲煙，那些英雄豪傑的宮闕不也早已成了狐兔的窟穴了嗎？因而還是對一切的是是非非都不聞不問的好。這其實正是由於對歷史不平，對現實生活中的是非不分現象有了明確的認識後，而表現出的激憤情緒。通過他對失敗的英雄項羽的讚賞：「拔山力，舉鼎威，暗嗚叱詫千人廢」（〈嘆世〉），「楚霸王火燒了秦宮室，蓋世英雄氣。」（〈野興〉）以及在其他散曲中對張良、韓信、諸葛亮等人的肯定，而對曹操稱之為「奸雄」這樣一些事實，則恰恰證明了他的明確的是非觀念與思想傾向。由於馬致遠對歷史上的是非興亡，人世間的恩怨榮辱日益看破，他逐漸產生了歸隱山林的願望。

經過大約二十年的大都生活，又經歷了二十年的漂泊漫遊，在五十多歲的時候，他決心退隱。許多散曲表現了他渴望退隱的情緒與隱居生活的情景。在〈南呂．四塊玉．恬退〉中，他說：「綠鬢衰，朱顏改。羞把塵容畫麟臺。故園風景依然在。三頃田，五畝宅，歸去來。」〈大石調．青杏子〉：「世事飽諳多，二十年漂泊生涯，天公放我平生假，剪裁冰雪，追陪風月，管領鶯花。」在〈般涉條．哨遍〉中，他更明確地表示：「半世逢場作戲，險些誤了終焉計。白髮勸東籬，西村最好幽棲。」顯示出一種迫不及待的心情。另一首〈南呂．四塊玉．恬退〉中則為我們描述了他隱居的生活環境：「綠水邊，青山側，二畝良田一區宅。閑身跳出紅塵外。紫蟹肥，黃菊開，歸去來。」一個山清水秀的江南鄉村生活情景。

在長期的退隱生活中，表現在創作上，藝術更加成熟，而思想情緒則更加消極。這一時期，他的雜劇以神仙道化劇為主，儘管仍然對社會的不合理現象有深刻的揭露，但明顯反映了對修仙養道生活的歌頌，在現實中找不到出路的情況下，一種陷於絕望境地的表現。如《黃粱夢》、《陳摶高臥》等。但是他的激憤之情、悲涼的思緒，並沒有消除，而始終在他的心頭迴盪，又使他的作品具有了豪放的氣勢。尤其是他詠嘆秋日之感的散曲，更為他贏得了「秋思之祖」（元代周德清語）的美譽，為後人所稱道。比如著名的〈越調．天淨沙．秋思〉：

枯藤老樹昏鴉，小橋流水人家，古道西風瘦馬。夕陽西下，斷腸人在天涯。

短短五句，筆觸簡潔地勾畫出一幅別具意境的秋日行旅圖。這首小令表面看來只是客觀地描述景物，卻言簡意賅，達到借景抒情而感人至深的藝術效果，具有極強的感染力。王國維稱它「寥寥數語，深得唐人絕句妙境」。前三句，只用了十八個字，就描述了由近及遠、再由遠及近九種景物。枯藤、老樹與樹上棲息的昏鴉，構成一個異常濃重的蒼涼意境，而這種意境又和接下來的小橋、流水、人家這種悠閒自在的鄉村生活場景形成一種映襯，再加上後面遠處的茫茫古道、蕭瑟西風、一匹疲憊不堪的瘦馬，從而產生了強烈的對比。烘托出人物自身在西下的夕陽中，滿腹的憂煩與苦悶，無論人生旅途是一番怎樣的情景，自己卻只是一個斷腸的過客，消極憤懣之情溢於言表。全篇前三句沒有一個主語或謂語，只以名詞巧妙地組合而成，後兩句用簡潔的語言，客觀地描述了作者在特定環境中的複雜心情，一句「斷腸人在天涯」作結，使人讀後回味無窮。可謂一片秋思，餘韻千古。

採蓮之歌：楊果的散曲

同元代大多數散曲作家相比，楊果可以說是相當幸運的一個。他雖然也經歷了金朝覆亡的動亂年代，但終生仕途可謂如意，故他的生平事蹟見於史料上的記載也比較多一些，在《元史》一六四卷還有他的傳記。楊果字正卿，號西庵，祈州蒲陰（今河北安國）人。生於金章宗承安二年（一一九七年），卒於元世祖至元六年（一二六九年）。幼年曾經歷過一段孤苦流離的生活，有十多年時間都是在流浪中度過的。曾隨人南渡到過宋，又從宋輾轉遷徙到許昌，歷盡坎坷，以教人讀書為生，同時自己也努力學習以求上進。他性情聰慧敏捷，詩文都很好，尤其擅長樂府。在金哀宗正大元年（一二二四年），楊果考中進士。後遇當時的大司農、參知政事李蹊行來到許昌，楊果就把自己所作的詩送給李蹊行看，結果李蹊行大為讚賞，並在回朝後極力推薦保舉，楊果因而得以擔任偃師（今屬河南）縣令。到任後因廉潔幹練而深受人民擁戴。後改任蒲城、陝縣的縣令，都很有政績。就在他即將再次被提升的時候，金朝被元所滅。然而不久，元朝官員楊奐到河南征收課稅，即起用楊果為經歷官。很快又有萬戶史天澤來經略河南，推舉楊果為參議。當時元正值初創之際，一切都剛剛開始，而楊果所經辦的事皆很稱職。故於元世祖中統元年（一二六〇年）被提升為北京宣撫使。第二年朝中設立中書省，拜楊果為參知政事。至元六年（一二六九年），已經七十三歲的楊果又出任懷孟路總管，守懷州。同年去世。他終身為官，但詩文詞曲也都很有特色，著有《西庵集》。

據清代徐釚《詞苑叢談》第八卷記載，楊果與元好問交好。一次元好問到并州去，在路上遇到一個捕雁的人，剛剛捕到兩隻雁，其中的一隻已經死了，另外的一隻則掙脫了網飛到空中，在空中盤旋哀鳴了很久，也不肯離去，最後竟然一頭撞在地上而死。元好問於是出錢把兩隻雁買下來，把他們埋在汾水邊上，並壘好石塊作為標記，起名為「雁丘」。為此，楊果還寫了一首詞作為紀念，這就是〈摸魚兒〉：「悵年年、雁飛汾水，秋風依舊蘭渚。網羅驚破雙棲夢，孤影亂翻波素。還碎羽。算古往今來，只有相思苦。朝朝暮暮。想塞北風沙，江南煙月，爭忍自來去。埋恨處。依約並門舊路。一丘寂寞寒雨。世間多少風流事，天也有心相妒。休說與。還卻怕、有情多被無情誤。一杯會舉。待細讀悲歌，滿傾清淚，為爾酹黃土。」清新俊逸，婉約哀怨。這種風格在他的散曲中也有明顯的體現。今存小令十一首，套數五套，散見於《陽春白雪》與《太平樂府》中。

由於楊果所處時代正是元代早期，這個時期的散曲剛從樂府民歌和兩宋詞演化而來，因而楊果的散曲明顯帶有濃厚的民歌和宋詞色彩。內容多寫男女情思與抒發興亡之感，且文采華美，清新自然，故明代朱權《太和正音譜》評為「如花柳芳妍」，應該說很符合他的風格特徵。我們以他的〈越調．小桃紅〉曲為例，可見其主要特色。〈小桃紅〉為越調中常見的一種曲牌，楊果共寫有十一支〈小桃紅〉曲，有八支見於《陽春白雪》，沒有題名；見於《太平樂府》的三支，題作〈採蓮女〉。下面是其中之一：

滿城煙水月微茫，人倚蘭舟唱。常憶相逢若耶上，隔三湘，碧雲望斷空惆悵。美人笑道，蓮花相似，情短藕絲長。

這是一首描寫男女戀情的小令。詩人以江南水鄉為背景，以採蓮對歌的形式，抒發了一對青年男女互相愛慕的情懷。在江城一個煙水朦朧，月色微茫的夜晚，男主人公見到了一位倚舟低唱的美麗姑娘，這夢幻般的氛圍實在是談情說愛的一個富有詩情畫意的場景。而這姑娘偏偏又是他從前在若耶溪上遇到過，以後始終念念不忘的人。他此時抑制不住自己的感情，向姑娘傾訴了自己的滿腹相思，「隔三湘，碧雲望斷空惆悵」，無論時間相隔多麼久遠，不論空間距離多麼漫長，沒有音訊相通，但相思不斷，始終臨風望月，空懷一腔惆悵。聽了他的表白，姑娘回以嫣然一笑，認為他的話很值得懷疑，「蓮花相似，情短藕絲長」：我的容顏還如蓮花一樣美好，我的感情也像蓮花一樣純潔，但是你對我的感情卻不像藕絲那樣長。否則為什麼當年你離我而去，又長久地不給我消息呢？懷疑的口氣中透出了嬌嗔與埋怨，而這恰恰就是姑娘內心真摯愛情的明確表達。全篇語言委婉含蓄，結構巧妙，情調清新自然，與南朝樂府的〈採蓮曲〉很有相似之處，可以看做是一首描寫採蓮女的採蓮之歌。另一首〈越調・小桃紅〉抒寫了一位採蓮女對遠方愛人的相思之情：

> 採蓮湖上棹船回，風約湘裙翠。一曲琵琶數行淚，望君歸，芙蓉開盡無消息。晚涼多少，紅鴛白鷺，何處不雙飛。

傍晚涼風習習，一位滿腹哀傷的採蓮女，孤零零的一個人沒精打采地掉轉船頭回家，翠綠的裙擺隨風飄拂，徒增一份淒清與惆悵。為排泄心中的愁緒，拿起琵琶想彈奏一曲，卻引出了更加傷心的淚水，是否產生了與琵琶女同樣的思緒？這只有主人公自己最清楚了。再看眼前，鳥兒雙宿雙飛，而自己「望君歸」，卻花開花落，春去秋來，仍然獨站船頭空垂淚。這份相思，可謂情深意重，曲已終而餘味兒無窮。充分體現了楊果散曲的藝術特色。表現男女戀情的主題，在楊果的散曲中極為多見，比如〈仙呂・翠裙腰〉等，都很有韻味兒，具有清新自然的特點。

儘管楊果一生仕途比較得意，但他畢竟有過由金入元的經歷，而且原本為金朝的官員，是在入元五年後才又做了元朝的官，所以留存於心的故國之情是難以消除的。在淺吟低唱南朝舊曲〈採蓮曲〉的時候，也自然地引起了他的故國之思、興亡之感。在其另一首〈越調・小桃紅〉曲中就表達了這種感情：

> 採蓮人和採蓮歌，柳外蘭舟過。不管鴛鴦夢驚破，夜如何？有人獨上江樓臥。傷心莫唱，南朝舊曲，司馬淚痕多。

一群歡樂的採蓮女，一邊採蓮一邊唱著採蓮歌划著小舟從垂柳下穿過，她們此唱彼和，興致正濃，也不管是否驚動了正在水邊棲息的鴛鴦。然而這生動、歡快的場面對一個滿腹心事，獨臥高樓卻難以入睡的傷心人來說，只能徒增煩惱，更覺傷感。因為採蓮女們唱的採蓮歌就是南朝舊曲〈採蓮曲〉，顯然歌聲引起了他的故國之思，不覺內心的傷痛難以自持，淚水沾濕了衣裳。當年白居易聽琵琶曲而淚濕青衫，是出於同是天涯淪落人之感，而今作者因聽歌聲而傷情、流淚，顯然是由於故國之情，二者所寄託的感情不同，但聞聲生情的結果是一樣的。由於這首散曲所表達的是一種極為深沉的家國之痛，因而表現手法比較隱晦含蓄，但取得的藝術效果卻是巨大的，更能調動了讀者的藝術想像力。

總的看來，楊果的散曲以清新自然為主要特色，而又不乏隱蔽含蓄，具有較高的藝術感染力。

商挺與他的〈潘妃曲〉

一支〈潘妃曲〉，唱出了一位出色的散曲家。在元代這一散曲名家輩出的時代，一位肩負軍國重任的達官顯貴也寄情於散曲，並能創作出極富藝術魅力以至經久傳誦的名篇，這應該說是散曲藝術的一件幸事。從中既可以看出當時散曲創作的風氣之盛，已經深入到各個階層，當然也說明與作家所受的家庭影響有很大關係。商挺（一二〇九－一二八八年），字孟卿，一作夢卿，晚年自號左山老人。曹州濟陰（今山東菏澤）人。由金入元後，曾歷任參知政事、監察御史、樞密副使等職。《元史》一五九卷有他的傳記。他出身於一個詞曲世家，他的叔父商正叔就是一位著名的散曲家，且好詞曲，擅長繪畫，南宋初年藝人張五牛所作的〈雙漸小卿諸宮調〉，就是經他改編的，這部諸宮調雖早已失傳，但卻十分有名，曾為當時的青樓名妓趙真真、楊玉娥所傳唱，《水滸傳》第五十一回〈插翅虎枷打白秀英〉中提到的白秀英所唱的〈豫章城雙漸趕蘇卿〉，就是指這一諸宮調。商挺的父親商衡在金末殉難，但生前也很擅長散曲，而商家與金代文學宗匠元好問有通家之好，故商正叔與商衡都與元好問交往甚密，金亡後，商挺與元好問也有過詩文往來。在這樣的家庭背景下，商挺所受到的影響與薰陶就可想而知了。

商挺能詩善畫，亦工於書法，尤其擅長山水墨竹與隸書。史稱他曾作詩一千多篇，可惜多已失傳，留傳下來的很少。所作散曲也僅有十九首小令收在《陽春白雪》與《雍熙樂府》等總集中得以保存下來。這十九首小令曲牌均為〈潘妃曲〉。從其曲意來看，其中有一些可能是重頭的組曲。比如收在隋樹森編的《全元散曲》中的起首四支〈潘妃曲〉，就是分別吟詠春夏秋冬四種景致，顯然屬於同調重頭的一組。就內容上來看，除了描述自然景物以外，多為寫男女戀情的作品。藝術上體現了早期曲的自然清新、樸實率真的當行本色，不避口語俗語，不加雕琢粉飾，富於民歌色彩。從下面的小令中，我們可以對他的散曲特色有所體會。〈潘妃曲〉之一：

帶月披星擔驚怕，久立紗窗下。等候他。驀聽得門外地皮兒踏，則道是冤家，原來風動荼蘼架。

這首小令生動地刻畫了一位熱戀中的少女形象，形象化地表現了她的心理活動。她與情人早已約定好夜晚相會，於是自己「帶月披星」，偷偷地先來到紗窗下等待。一面還擔心，既怕被人發現，又怕情人失約。就在她殷殷期待，心中焦灼不安的時候，忽然聽到門外一陣響聲，好像是人的腳步聲，她不由得一陣心動，以為是情人來了。結果仔細一聽，原來是風兒吹動荼蘼架發出的聲響。簡短幾句，描述出主人公一瞬間的心理活動，從而把一個沉浸於愛情之中的多情、嬌憨的少女形象活靈活現地表現出來了。語言通俗，又活潑跳躍，表現形象與心理活動栩栩如生，又一波三折，給人留下的印象相當深刻。另外兩首小令則是以女子的口氣，吟詠閨情的相思曲：「悶酒將來剛剛嚥，欲飲先澆奠。頻祝願，普天下心廝愛早團圓。謝神天，教俺也頻頻的勤相見。」顯然寫的是一個盼望早日與情人相見的女子，正在獨坐喝悶酒，原想借酒澆愁，又覺酒並不能消去心中的愁，只會更增愁悶，還不如以酒祭天，祈求上天保佑天下的有情人都得團圓。由自己渴望與情人歡聚之心，推及到祝願全天下的有情人，其實更表明了主人公自己的滿腹深情，因而最後轉回到自己的私願上來，「教俺也頻頻的勤相見」，就顯得坦率自然，又有起伏變化。這裡直接使用了民間俗語，比如「將來（取來）」、「心廝愛（兩心相愛的人）」、「俺」等詞語，從而使小曲充滿了民歌情調，具有很強的藝術感染力。「一點青燈人千里。錦字憑誰寄？花落東君也憔悴。投至望君回。滿盡多少關山淚。」

這是一首閨怨曲。女主人公因夫君遠去，自己獨守孤燈，而產生年華虛度、美人遲暮的悲哀，又想到彼此遠隔千山萬水，音訊不通，就連寄情鴻雁也不可能，這份傷痛更是難以自持，恐怕眼淚也要流盡了。言簡意深，紙短情更長，可見作者的藝術功底。

杜仁傑與〈莊家不識勾欄〉

元朝是戲劇的黃金時代，作家、演員人才濟濟，戲劇本身也充分成熟和興盛，但同一時期記錄作家及其創作的材料卻很少，直接描寫戲劇演出情況的就更少了。而杜仁傑創作的〈般涉調・耍孩兒・莊家不識勾欄〉以散曲的形式，以輕鬆幽默的筆調，寫出了一個莊稼漢眼中的元雜劇表演情況，填補了這方面的空白。這樣，就使這一作品不但具有文學價值，更重要的是有著珍貴的史料價值。

杜仁傑（一二〇一？—一二八三？年）字仲梁，號止軒，字善夫，濟南長清（今屬山東）人。他為人清高，厭惡官場黑暗，在金正大年間，就開始隱居在內鄉山中，以山為伴，以文為友，並經常與麻革、張澄等人以詩唱和。元世祖至元中，多次派人請他出來做官，他都不肯。他的兒子仕元為顯宦，官至福建閩海道廉訪使，杜仁傑父以子貴，死後贈作翰林承旨，諡號文穆。他的詩有《善夫先生集》，散曲僅存套數三套，小令一首。其中最著名的就是所作套數〈莊家不識勾欄〉。

下面，讓我們跟隨杜仁傑筆下的莊稼漢一起，到元代的勾欄（宋元時百戲雜劇的演出場所）去看一回戲劇。我們的主人公一開場，便喜氣洋洋地要進城去，為什麼呢？原來是今年「風調雨順民安樂」，「桑蠶五穀十分收」，「差科」又有限，真是神明保佑，想起去年許下的願，於是莊稼漢便離開村去城裡「買些紙火」好回來祭奉神明。這幾句曲詞，為整個套數奠定了一個歡快的基調，並為莊稼漢看戲做了鋪墊。進了城的莊稼漢，「正打街頭過，見吊個花碌碌紙榜，不似那答兒鬧穰穰人多」。到底是幹什麼的這麼熱鬧？路過的莊稼漢湊上去，正準備看個究竟，就聽見劇場把門人熱情地喊「請請」、「遲來的滿了無處停坐」。並且報出今天上演的劇目是院本《調風月》和雜劇《劉耍和》。還自我誇讚說「我們勾欄裡的演出，可不是趕場的散樂班子可比的」。聽他這麼一說，莊稼漢心裡活動起來，沒見過勾欄的莊稼漢決定要見見世面，於是，他交了也許是準備買紙火的二百錢，買門票進了劇場。進了勾欄，只見坐的地方是個「木坡」，看戲的人們都是「層層疊疊團坐」。舞臺很高，莊稼漢怎麼看都是「鐘樓模樣」。這時候正戲還沒開始，只見「幾個婦女臺兒上坐，又不是迎神賽社，不住的擂鼓篩鑼」。在村裡，只有在迎神出廟週遊街巷時才不住地敲鑼打鼓，今天又不是迎神賽社的日子，她們打那鑼鼓幹什麼？真奇怪！接下來，演出正式開始，只見出來一夥人，中間那個一看就是個害人精，你看他的打扮：黑頭巾、頂門上插一管筆（長髮簪），滿臉石灰（白底），更著些黑道抹，花布長袍。這幾個人在臺上唱了一小段，莊稼漢聽了聽「無差錯」，而且「巧語花言記許多」，這一小段唱，當時叫做豔段，也就是爨。《夢粱錄》中記載：「雜劇中末泥為長，每一場四人或五人，先做尋常熟事一段，名曰豔段，次做正雜劇，通名兩段。」在這裡可以用來互證。接著，《調風月》上演，主要情節是：張太公和小二哥進城，見一美貌少婦站在簾下，張太公頓起邪念，想娶她做老婆，並要小二哥給他說合，結果受到小二哥的戲弄。其中最讓莊稼漢高興的是張太公被小二哥戲弄得「往前挪不敢往後挪，抬左腳不敢抬右腳」。張太公一著急，「把一個皮棒槌則一下打做兩半個」。看戲的莊稼漢一看：壞了，出事了。「我則道腦袋天靈破，」以為演員的腦袋非打破了不可，這不得打官司嗎？沒想到，這時臺上的張太公「躧地大笑呵呵」，全劇在笑聲中結束了。在全曲的結尾，作者寫道：「則被一泡尿，爆得我沒奈何。剛捱剛忍更待看些兒個，枉被這驢頹笑殺我。」一直被尿「爆得我沒奈何」的莊稼漢，本想忍著再看一會兒，被這一笑再也忍不住了，只好中途退場。結局出人意料，妙趣橫生，更增添了全劇的喜劇效果。

全曲緊扣莊稼人「不識」二字，從莊稼人的生活閱歷和欣賞角度出發，把莊稼人初次看戲的新奇、驚愕和少見多怪的心態，以及對戲劇的獨特理解，都寫了出來。同時，也通過莊稼漢的眼睛，為我們描述了元雜劇演出的一些基本情況。比如元雜劇的觀眾「往下覷是人旋窩」，如此眾多的觀眾，顯然是屬於市民階層；描述了勾欄裡的座位是「木坡」人們是「團坐」，舞臺是「鐘樓模樣」；描述了元雜劇的演出順序，以及劇中人的化妝等，這些在我們今天看來，都有極高的史料價值。

最富現實意義的〈上高監司〉

由於元朝統治者是在馬上得天下的，所以他們相信依靠武力依然能統治好天下。於是《元史‧刑法志》中規定：「凡以曲文妄議、譏評朝政者死罪。」有了這樣一個高懸在頭的利刃，文人們對貪官汙吏的巧取豪奪，豪強惡霸的橫行鄉里，只能是「知榮知辱牢緘口，誰是誰非暗點頭」，而不能在散曲中大膽體現。在這個野蠻統治文明的時代裡，「七娼八妓，九儒十丐」的地位，使元代文人在大濟蒼生上顯得那麼的無奈。「達則兼濟天下，窮則獨善其身」，向來是中國文人的傳統處世哲學，既然當時的社會狀況使他們無法兼濟天下，元代文人只好流連於歌樓妓館，徜徉於山水寺廟之中，以男女情愛，隱逸山水為主要題材，抒發著個人的歡樂與愁懷。而一些具有社會責任感和同情心的作家，通常只能靠借古諷今來表達自己的思考與憤怒，藉指桑罵槐來發洩自己心中的不滿，比如張可久的〈賣花聲・懷古〉：

美人自刎烏江岸，戰火曾燒赤壁山，將軍空老玉門關。傷心秦漢，生民塗炭，讀書人一聲長嘆。

作者憂的是眼前的黎民，卻只能化作對古人的一聲長嘆。這是元朝普遍現象，然而也有一些作品敢於直斥時弊，真實細緻地反映人民的苦難，其中最著名的是劉時中的散套〈上高監司〉。

劉時中（一三一〇？—約一三五四年），南昌人，生平不詳。從其〈雙調・新水令・代馬訴冤〉中「世無伯樂怨他誰」，「誰知我汗血功，誰想我垂韁義，誰想我千里才，誰識我千鈞力」，可以看出劉時中是一個窮困潦倒，懷才不遇的文人。他工於散曲，現存套數三套。以〈上高監司〉在散曲作家中贏得了很高的地位。〈上高監司〉之所以受人矚目，其一，是因為篇幅長。〈上高監司〉一共有兩套，前套十五支曲子，後套三十四支曲子，是元散曲中篇幅最長的；其二，是因為它最具有現實意義：前套直接反映災荒景象，後套寫出了當時鈔法的積弊，這樣從正面反映現實問題，評議政治得失的作品在元散曲中可謂是空谷足音。

關於作品中所描寫的高監司與那場旱情，在歷史上是確有其人，確有其事。據史料記載：高監司，就是元文宗時杭州路總管高納麟。元代天曆二年（一三二九年）全國很多地方大旱，《元史》也有記載：「江西龍興，南康……諸路旱。」大旱以後，緊接著出現饑荒。高納麟這一年任江西道廉訪使，曾「出粟以賑民，全活甚眾」。高第二年便調湖廣行省參知政事。所以，作品的後半部分是頌揚高的德政，預祝他升遷再升遷。

〈上高監司〉首先描寫了災荒的由來：「去年時正插秧，天反常」，連續乾旱引起了飢荒，饑荒年成了貪官地主發財的好機會。他們趁火打劫，「殷實戶」與「停塌戶」「谷中添秕屑，米內插粗糠」。走私販子大肆進行黑市交易，剋扣斤兩，漁取暴利。為災年賑濟饑民而設的義倉，一向由稅官掌管，他們平日就造假賬，侵吞庫糧。現在開倉更是玩弄伎倆，「富戶都用錢買放」。社長、知房們撈足了油水，老百姓到頭來只落得畫餅充飢、兩淚汪汪。在天災人禍的逼迫下，人們餓得「一個個黃如經紙，一個個瘦似豺狼，填街臥巷」。走投無路的人們「偷宰了些闊角牛，盜砍了些大葉桑」，「賤賣了些家業田莊」，「乳哺兒沒人要撇入長江」。接下來作品又對親自賑濟災民的高監司進行了稱頌和祝願。

在「後套」中，作者揭露了元代變更鈔法的種種積弊，抨擊了滑吏奸商，貪汙盜竊，行賄受賄，操縱市場，抬高物價，互相勾結，投機取巧，拐帶詐騙，坐地分贓，奢侈腐化，揮霍浪費，橫行鄉里，欺壓百姓的種種卑劣行徑，揭露了元代社會的黑暗腐朽。作者揭露的對象是極廣泛的。從官府系統來說，舉凡貼庫，庫子、軍百戶、攢司、官人、四牌頭，以至弓手門軍，無不在其筆下原形畢露。從商人方面來說，舉凡糶米的、賣肉的、做皮的、開沽的、賣油的、賣鹽的、賣布的、賣魚的、賣飯的、磨面的，以及駔儈徒、興販的、經紀人、暴發戶，無不在其筆下醜態百出。從鈔法變更來看，舉凡印製、庫存、押運、流通中的種種流弊，作者無不加以揭露。作者在揭露時，不少地方可謂慷慨陳詞，一字一憤，具有強烈的感情色彩，確實是元曲中少見的佳作。

劉時中的兩套〈上高監司〉，描繪出元朝社會的一幅災年流民圖和一幅社會百醜圖。雖然其中也不乏對高監司的阿諛奉承和對農民起義的詛咒，但正如鄭振鐸所說：「這裡是一幅最真實的民生疾苦圖。在元曲裡充滿了個人的愁歎，而這裡卻是為民眾呼籲著；這不能不說是空谷足音了。」（《中國俗文學史》）曲作是把呈文寫入唱曲，議論時事，諷喻現實，擴大了散曲的題材範圍，是一種開創性的嘗試。兩套曲子都是以描述為主，以議論、抒情為輔，在描寫事物特徵上形象具體，語言質樸、通俗富有感情色彩。正是由於以上原因，劉時中被稱做「曲中白居易」，而〈上高監司〉也被譽為「曲中新樂府」。

文采風流：薛昂夫的散曲

在元代文壇上，薛昂夫是一位頗負盛名的詩人，也是著名的散曲作家。他的作品流傳下來的不是很多，但在當時卻很有影響。清祖少雅《南曲九宮正始》收入吳亮中對他的評價：「薛昂夫詞句瀟灑，自命千古一人。」

薛昂夫，字超吾，號九皋。回鶻人，漢姓馬，因此也稱馬九皋、馬超吾。薛昂夫家本是西域人，後來隨著元代統治者入主中原而遷徙內地，居懷孟路。他的祖父曾任御史大夫，家住在龍興（今江西省南昌市），他的父親官至御史中丞。兩人都被封為覃國公。薛昂夫出生於地位較高的官宦家庭，據考證，他大約生於元世祖至元八年（一二七一年）前後，卒於元帝至正十年（一三五〇年）以後。薛昂夫雖然是來自於西域的少數民族，但他從小就對漢文化特別喜愛，學習了很多中國古代的典籍和詩詞作品，還曾拜由南宋入元的著名詞人劉辰翁為老師，學習寫作詩歌。他寫詩成名較早，三十一歲時就有詩集問世，與當時的著名詩人楊載、虞集、薩都剌等都有詩歌唱和。薛昂夫的詩集叫做《九皋詩集》。劉將孫為他的詩集作序說：「九皋者，幽閒深遠處也，而鶴則樂之。薛君昂夫以公侯冑子人門家第如此，肆蕭然如書生，厲志於詩，名其集曰九皋。其志意過流俗遠矣。」（《養吾齋集》卷十）元代著名的畫家趙子昂曾為薛昂夫詩集寫序，稱讚他的詩「皆激越慷慨，流麗閒婉，或累世為儒者有所不及，斯亦奇矣！」王德淵在《薛昂夫詩集序》中也說：「今觀集中詩詞。新嚴飄逸。如龍駒奮迅，有並驅八駿，一日千里之想。」可見他在元代詩壇上是很有名氣的。可惜他的詩集早已散失，今天能夠看到的只有〈贈僧〉詩一首。

薛昂夫在四十歲左右開始做官，起初為江西行中書省令史，只是一個沒有品秩的低級辦事員，後入京，由祕書監一直做到僉典瑞院事、西南某路總管、太平路總管。元統年間為衢州路總管，官職很高，已經是三品大員了。長期的官場生涯，使薛昂夫對元朝社會的黑暗現實非常不滿，同時也深深感受到統治階級的腐敗，厭倦了官場生活而留連山水。在晚年他辭官歸隱，住在風景秀麗的杭州西湖附近。

散曲是薛昂夫流傳至今的主要作品，在元明兩代的多種曲選中，共保留下來他的小令六十五首，套曲三套，大都是他晚年的作品。

薛昂夫的散曲多是表現作者感嘆人生、嚮往歸隱生活的思想情趣。在元代散曲中，歌唱山林歸隱成為一時風尚。危機四伏的社會矛盾，汙濁險惡的政治環境，使許多文人士大夫產生了遠離官場、寄情山水、隱身市井的生活道路。薛昂夫雖然不是處身於社會的底層，而且還做過高官，但他對這樣的社會現實也是深有感觸的。〈中呂・山坡羊・無題〉表現出作者厭惡官場生涯的情懷：

大江東去，長安西去，為功名走盡天涯路。厭舟車，喜琴書。早星星鬢影瓜田暮，心待足時名便足。高，高處苦；低，低處苦。

為了功名而四處奔波，「走盡天涯路」，對作者來說，是極其痛苦的，還不如學那秦時的邵平，東門種瓜。更何況久在官場，說不定會給自己帶來殺身之禍！對那些貪戀功名的人，他也發出責問：「盡道便休官，林下何曾見，至今寂寞彭澤縣。」（〈正宮・塞鴻秋〉）歸隱的樂趣，在他的作品中多有描寫，〈中呂・陽春曲〉六首敘寫了作者詩酒優游的生活，〈雙調・殿前歡〉四首是作者家居時流連自然風光、陶冶情操、吟詠性情的生活寫照。嚮往自然的心態、寬闊的胸襟、豪放的氣質、洋溢的才氣，讓人一覽無遺。其中〈冬〉的第三闋更是作者直抒胸臆的表白：

> 醉歸來，袖春風下馬笑盈腮。笙歌接到朱簾外，夜宴重開。十年前一秀才。黃虀菜，打熬到文章伯。施展出江湖氣概，抖擻出風月情懷。

薛昂夫對世俗的「蝸角功名」和「蠅頭微利」極其鄙視，卻以自己的才情文名自負。高興之餘，不禁高歌起來。在這組散曲中，薛昂夫還唱出了「四海詩名播，千載誰酬和？知他是東坡讓我，我讓東坡」的語句，直欲和北宋時期的大文豪蘇東坡在文名上比一比高低，這可以說是他自命「千古一人」的自豪情緒的直接流露。作者抒發歸隱情趣時，還把農莊生活當做自己的理想人生來憧憬描繪，他在套曲〈端正好‧高隱〉中用了幾支曲子描寫山村農家一年四時的恬靜生活：種山田，栽桑麻，足衣食，家人團聚，親友往來，「少憂愁省煩惱無災禍，到頭來無是無非快活煞我」。這樣的一幅生活圖景在元代社會雖然不會存在，但它反映了作者志在歸隱、嚮往田園的情懷，因而有著積極的思想意義。

薛昂夫的散曲作品中，描寫自然風光和表現作者留連山水的作品也很多。較為有名的是他寫西湖風光的組曲〈中呂．山坡羊．西湖雜詠〉。這一組散曲共有七首，從不同的時令和角度描寫西湖的美麗景色，並將作者的形象也展露於其中，使我們看到了作者陶醉於山光水色之美的脫俗形象。請看其中春、夏、秋、冬四曲：

山光如澱，湖光如練，一步一個生綃面。扣逋仙，訪坡仙，揀西施好處都遊遍。管甚月明歸路遠。船，休放轉；杯，休放淺。

晴雲輕漾，薰風無浪，開樽避暑爭相向。映湖光，逞新妝，笙歌鼎沸南湖盪。今夜且休回畫舫。風，滿座涼；蓮，入夢香。

疏林紅葉，芙蓉將謝，天然妝點秋屏列。斷霞遮，夕陽斜，山腰閃出閒亭榭。分付畫船且慢者。歌，休唱徹；詩，乘興寫。

同雲黲黷，隨車縞帶。湖山化作瑤光界。且傳杯，莫驚猜，是西施付粉呈新態。千載一時真快哉。梅，也綻開；鶴，也到來。

作者以清新疏朗的語言，抓住西湖四時的景物特點來描繪，並且將景物從人物的眼中透視出來，自然而然帶上了作者的熱愛自然、徜徉山水時的心理情緒，將美景與豪情一同寫來，既清新如畫，又情意盎然，使讀者更能感受到西湖「淡妝濃抹總相宜」的不盡魅力。其他的散曲如〈楚天遙帶過清江引・無題〉、〈雙調・慶東原・西皋亭適興〉等，還描繪出廓大高遠的自然景物，如「一江春水流，萬點楊花墜」、「江東日暮雲，渭北春天樹」等句，筆調活潑，語言生動，風格清新，表現出新的氣象。

薛昂夫的詠史、懷古作品，也很有特色。作者非常熟悉漢民族文化和歷史，在曲中縱論古今，抒發自己的人生觀和歷史見解。他在〈中呂・朝天曲・無題〉中對歷史上的明君、賢相、高士、隱者進行了酣暢淋漓的評論。「沛公」譏刺劉邦殺害功臣，「伍員」嘆惜伍子胥的悲劇命運，「假王」批評韓信不能及早抽身，以至鳥盡弓藏，身死人手。作者冷眼看人生，熱血評歷史，在作品中顯示出豐富的閱世眼光和豪爽開闊的胸懷。

作為出身於少數民族的散曲作家，薛昂夫確實是一位博學多才、瀟灑風流的人物，他的不平凡經歷和他在詩、曲創作方面取得的成就，使他在元代文壇上占據了較重要的地位。

「碧海珊瑚」：楊朝英的散曲

在後期眾多的散曲作家中，有「碧海珊瑚」之稱的楊朝英以其獨具特色的作品為時人所重。

楊朝英，號淡齋，青城人。在元代有兩個地方叫做青城，一在今山東省上縣；一在今四川青城縣。一般認為他是山東青城人，但也有人認為他是四川青城人。

楊朝英的散曲今存小令二十七首，多以描摹戀情、歌詠隱逸為內容。反映隱逸生活情趣的散曲有〈正宮・叨叨令・嘆世〉、〈雙調・殿前歡・和阿里西瑛〉五首、〈雙調・水仙子・無題〉七首等，這些作品表現了作者的隱逸生活方式和對功名利祿的態度，其中雖有著一定的消極思想，但更主要的是反映出作者對當時黑暗社會現實的一種反抗態度和不與統治階級同流合汙的可貴精神。如〈叨叨令〉二首：

想他腰金衣紫青雲路，笑俺燒丹煉藥修行處。俺笑他封妻蔭子叨天祿——不如我逍遙散誕茅庵住。倒大來快活也末哥！倒大來快活也末哥！那裡也龍韜虎略擎天柱！

昨日蒼鷹黃犬齊飛放，今日單鞭贏馬江南喪。他待學欺君罔上曹丞相——不如俺葛巾漉灑陶元亮。倒大來快活也末哥！倒大來快活也末哥！漁翁把盞樵夫唱。

詩人將達官貴人腰金衣紫的生活和自己的散誕茅屋相對照，否定前者，讚揚後者，表現出鮮明的價值取向。統治者享受著高官厚祿，騎在人民頭上作威作福，到頭來也會煙消雲散，而如詩人自己的隱居者，閒散於江湖，與漁夫樵子為伍，在心態上卻是快活逍遙的。這兩首小令以對比手法反映出詩人憤世嫉俗的思想情緒和豪爽曠達的生活態度。雖然也說到燒丹修行等行為，但這些是作為官場生涯的對立面而描寫的，不足多怪。

〈雙調．殿前歡．和阿里西瑛韻〉和〈雙調．水仙子〉是具體描繪詩人隱逸生活的作品，請看其中的二首：

白雲窩，天邊烏兔似飛梭。安貧守己窩中坐，盡自磨陀。教頑童做過活，到大來無災禍。園中瓜果，門外田禾。

——〈和阿里西瑛韻〉其四

杏花村里舊生涯，瘦竹疏梅處士家，深耕淺種收成罷。酒新篘，魚旋打，有雞豚竹筍藤花。客到家常飯，僧來穀雨茶，閒時節自煉丹砂。

——〈水仙子・自足〉

詩人選擇了安貧守己、自食其力，耕田種菜，課村童，養雞豚，在勞動的樂趣中流露出閒適的情調。這二首小令寫得豪爽灑脫，用語淺白流暢，有豪放派的情致，雖然不能與馬致遠、關漢卿、盧疏齋等人相提並論，卻也自有其特色。

楊朝英歌詠戀情的作品有〈中呂・陽春曲〉、〈越調・小桃紅・題寫韻軒〉和〈雙調・水仙子・東湖所見〉等。

當年相遇月明中，一見情緣重。誰想仙凡隔春夢。杳無蹤，凌風跨虎歸仙洞。今人不見，天孫標致，依舊笑東風。

——〈題寫韻軒〉

東風深處有嬌娃，杏臉桃腮鬢似鴉，見人羞行入花陰下，舌吟吟回顧咱，惹詩人縱步隨他，見軟地兒把金蓮印，唐土兒將繡底兒踏，恨不得雙手忙拿。

——〈東湖所見〉

前一首藉仙女吳彩鸞和窮書生文蕭相愛、跨虎成仙的故事抒發對所思念女子的深情，隱喻深婉，富於浪漫主義色彩，「天孫標致，依舊笑東風」更是得意之筆，寫出女子在詩人心目中美麗脫俗的形象。後一首則刻畫出一位美麗活潑、羞澀多情的少女形象，充滿情趣，富於青春氣息。這類形象在元曲中不多見，有著較高的審美價值。

楊朝英寫景的作品不多，但也很有成就，如〈雙調・清江引〉：

深秋最好是楓樹葉，灑透猩猩血。風釀楚天秋，霜浸吳江月。明日落紅多去也。

這首小令，奇思巧運，在前代無數騷人墨客的秋詞之外更翻唱出新的曲調。作者在秋色中的眾多景物裡偏選擇了鮮紅的楓葉來描繪，把它作為萬里秋色中絕佳的景物。這首小令的景物描寫開闊高遠，展現出一幅水墨潑灑的南國秋江霜月圖。作品的語言運用極見功力，有煉字之妙。「釀」字寫盡秋色之濃，「浸」字寫秋意之深，把天上秋月和江邊清霜融匯在一幅動人的畫面之中，顯現出淒清秋色的別樣魅力。結尾之句，神思飛動，出人意表，又不愧「奇巧」之譽，全曲文辭典麗，風格清雋，確是楊朝英的散曲代表作。

楊朝英的散曲不像其他作家那樣喜歡以俚語俗詞入曲，而是伴隨著元代散曲後期的雅化潮流，表現出語言典雅清麗的特徵。與其他作家相比，他的小令更接近於詞的風格，這也許是「碧海珊瑚」的涵義之所在。同時，楊朝英的散曲仍保持著元曲通俗質樸本色和清雋豪爽的特徵，從而表現出多樣化的風格。

善寫閨情：劉庭信的散曲

元代散曲作家中，曾瑞和劉庭信是以專門描寫閨中女性相思相戀情懷而知名的作家。他們的曲作，各有所長，這裡主要介紹一下劉庭信的散曲創作。

劉庭信，原名廷玉，益都人，生卒年不詳。因為他排行第五，長得身長而黑，當時人稱他「黑劉五舍」。他的族兄劉廷翰曾任南臺御史，後出為嘉興路總管、浙東廉訪使、湖藩大參。劉庭信卒於武昌。從有關典籍記載來看，劉庭信知識淵博，非常善於寫作散曲。風晨月夕之下，唯以填詞為事。他為人聰慧，豪爽磊落，喜歡談笑。創作散曲的時候，才思敏捷，出口成章。他對民間俗語和街巷市俚之談非常熟悉，能夠很隨意地採用，寫入到散曲裡，往往能說出別人所不能說出的話，因而深受當時人的喜愛，人們很願意歌唱他創作的散曲。劉庭信住在武昌的時候，經常和當時的武昌元帥蘭楚芳唱和，人們常把他們比做唐代的元稹、白居易。他的作品今存小令三十九首，套曲七首。

劉庭信的散曲作品，以描寫閨情、閨怨為主要內容，他常常以獨守閨中的女性為主人公，刻畫她們在與情人分別後的相思、孤獨、寂寞的情懷。把封建社會婦女的痛苦心情，結合特定的環境氣氛，表達得淋漓盡致，在散曲作家中獨樹一幟。他的言情小令，如〈正宮・塞鴻秋・悔悟〉、〈正宮・塞鴻秋・走蘇卿〉和〈中呂・朝天子・赴約〉等在當時膾炙人口，盛傳一時。

蘇卿寫下金山恨，雙生得個風流信。亞仙不是夫人分，元和到受十年困。馮魁到底村，雙漸從來嫩，思量唯有王魁俊。

——〈悔悟〉

泥金小簡，白玉連環。牽情惹恨兩三番，好光陰等閒。景闌珊繡簾風軟楊花散，淚闌干綠窗雨灑梨花綻，錦斕斑香閨春老杏花殘。奈薄情未還。

——〈正宮・醉太平・憶舊〉

前一首小令藉當時流行的雜劇故事裡面的人物情節表現女主人公的相思之情。那位女子在極端愁苦之下，難免產生悔恨之情，以抱怨的口吻，抒發對丈夫的刻骨思念。後一首小令先是藉物抒懷，由離人的書信、贈物引出相思煩惱，再以春光漸逝、淚盡花殘的景物來烘托人物的痛苦心情，意蘊深婉，餘味悠長。

劉庭信特別善寫閨情，能以細膩的筆觸寫出閨中女子的種種情思，深受當時曲家的讚賞。他的套數〈雙調・新水令・枕痕一線印香腮〉一出，廣為傳誦，和者甚眾，但沒有人能夠超出他的原作。據《雍熙樂府》記載，他的「枕痕一線印香腮」之句，不斷有人模仿，竟有十四種之多。他的套曲〈南呂・一枝花・春日送別〉寫一位女子送丈夫離家應舉時的矛盾痛苦心情：

絲絲楊柳風，點點梨花雨。雨隨花瓣落，風趁柳條疏。春事成虛，無奈春歸去。春歸何太速？試問東君，誰肯與鶯花作主？

〈梁州第七〉錦機搖殘紅撲簌，翠屏開嫩綠模糊。茸茸芳草長亭路。亂紛紛花飛園圃，冷清清春老郊墟，恨綿綿傷春感嘆，淚漣漣對景踟躕，不由人不感嘆嗟吁！三般兒巧筆堪圖：你看那蜂與蝶趁趁逐逐，花共柳攢攢簇簇，燕和鶯喚喚呼呼。鷓鴣、杜宇，替離人細把柔腸訴：「行不得，歸不去。」鳥語由來豈是虛？感嘆嗟吁！

〈罵玉郎〉叫一聲才郎身去心休去，不由我愁似織，淚如珠。樽前無計留君住，魂飛在離恨天，身落在寂寞所，情遞在相思鋪。

〈感皇恩〉呀，則愁你途路崎嶇，鞍馬勞碌。柳啊都做了斷腸枝，酒啊難道是忘憂物，人啊怎做的護身符。早知你拋撇奴應舉，我不合慣縱的你讀書。傷情處，我命薄，你心毒。

〈採茶歌〉覷不的獻勤的僕，勢情的奴，聲聲催道誤了程途。一個大廝八忙牽金勒馬，一個悄聲兒回轉畫輪車。

〈尾聲〉「江湖中須要尋一個新船兒渡，宿臥處多將些厚褥兒鋪，起時節遲些兒起，住時節早些兒住。茶飯上無人將你顧覷，睡臥處無人將你蓋覆，你是必早尋一個著實店房兒宿。」

這首套曲細緻入微地刻畫了女子內心的情感起伏。她既想留丈夫在自己身邊，但又怕耽誤了丈夫的前程；既有對丈夫的體貼關懷，也有對他和對自己的埋怨。她怕丈夫在外變心，反複叮囑他「身去心休去」。但眼前的離別滋味使她無法忍受，於是又抱怨丈夫心「太毒」，後悔當初不該讓他苦心攻讀。最後還殷勤地囑咐丈夫在外的衣食住行，表現她對丈夫旅途生活的關心。這種憂愁輾轉、愛恨交錯的心情，讀來感人至深。這首套曲前半多用比興，以景襯情；後半多用賦法，直訴離情，情景交融。幾支曲子在抒情上連貫有變化，真實地描繪出女子的內心情感。劉庭信的另一支套曲〈南呂・一枝花・秋景怨別〉與前一首〈春日送別〉在抒情的情節上有聯繫，可以當做閨中懷人的姊妹篇來讀。〈春日送別〉寫的是臨別之時女主人公的淒涼憂傷心情，而〈秋景怨別〉接寫女主人公在丈夫離家之後刻骨相思、憂愁成病的情景。它的尾曲尤為世人激賞：

〈尾聲〉驚回殘夢添淒楚，無奈秋聲最狠毒。風聲憂，雨聲怒，角聲哀，鼓聲助。一聲聽，一聲數；一聲愁，一聲苦。投至的風聲寧，雨聲住；角聲絕，鼓聲足。又被這一聲鐘撞我一口長籲，則我這淚點兒更多如窗外雨。

作者以不斷傳來的秋風苦雨和暮鼓晨鐘的聲音來刻畫主人公淒楚欲絕的情懷，可以體會到女主人公哀婉憂傷，不能自持的形象。《錄鬼簿續編》對這支曲辭評價極高，說它「音節激楚，文情酸辛。如此協律愜心，雖蘇、李之作，猶不能寫此，安得薄為小道哉！」描寫閨情、懷人的作品，從唐詩、宋詞以來蔚為大觀，佳作迭出，在元曲中這類題材的作品也不在少數。而劉庭信的摹寫閨情之作，卻能在前人基礎上力圖新變，言人所未能言，表現出自己的特色，不愧是一位善寫閨情的散曲作家。

蒙古王朝的第一詩人耶律楚材

耶律楚材是遼東丹王耶律倍八世孫，父親耶律履仕於金朝，官一直做到尚書右丞。《左傳》中有「楚雖有材，晉實用之」之語，耶律履取其意為兒子命名，預言兒子必成大器，為異國所用。這預言果真實現了，耶律楚材金材元用，成為元代初年著名的政治革新家、蒙古王朝的第一位著名詩人。

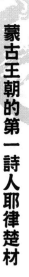

耶律楚材身材很高，鬍鬚甚美，聲音洪亮。少年時代就博覽群書，天文、地理、律歷、術數、佛老、醫道、占卜，無所不通。十七歲中進士，受到金章宗的賞識，做了開州同知。

公元一二一四年，金宣宗遷都開封，耶律楚材被任命為左右司員外郎，留守燕京（今北京）。元太祖成吉思汗平定燕京之後，聞聽楚材大名，立即召見。耶律楚材從此投靠成吉思汗，被成吉思汗留在自己身邊。成吉思汗曾指著耶律楚材對元太宗窩闊臺說：「此人，天賜我家。爾後軍國庶政，當悉委之。」窩闊臺也曾對耶律楚材說：「非卿，則中原無今日。朕之所以高枕者，卿之力也。」足見耶律楚材地位之重要，非同一般。

據說耶律楚材善預卜吉凶，成吉思汗每次出征，必令他占卜。一二二四年，成吉思汗到達東印度，駐紮在鐵門關，有一頭一隻角的獸，形狀像鹿，長著馬的尾巴，綠顏色，能像人一樣地說話。這頭怪獸對成吉思汗的侍衛說：「你們的君王應該儘早回去。」成吉思汗問耶律楚材，耶律楚材回答說：「這是一隻祥瑞之獸，名字叫角端，能說各種話，喜好生厭惡殺。這是上天降下符命告訴陛下……願陛下順承天心，以保全民眾的生命。」成吉思汗當天就班師回還了。這故事雖然充滿神奇、迷信，但利用預卜吉凶來巧妙地阻止統治者殺人，無疑是值得稱道的。

耶律楚材確實在忠心耿耿地為蒙古統治者服務。他把儒家之道稱為「萬世常行之道」，他的服務是以儒治國，他設計了種種以儒治國的方略，這對蒙古初年的政治，顯然具有革新的重大意義。這種革新明晰地體現在耶律楚材對待民眾的態度之中。按照蒙古「舊制」，凡攻城，敵人以武力相抵抗拒絕投降，城破之後，就要大肆殺戮。在金朝都城開封將被攻破的時候，大將速不臺遣使來報告，由於金人頑強抵抗，城破之後，應該大肆殺戮。當時為逃避戰亂，居住在開封的有一百四十七萬人之多。一百多萬人的生命危在旦夕。耶律楚材聽說後騎快馬入宮向窩闊臺進言，阻止了一場血腥的大屠殺。元太宗侍臣脫歡奏請查驗全國未婚女子，詔令下達後，耶律楚材擱置不執行。窩闊臺十分惱怒，耶律楚材進言說：「過去挑選的美女二十八人，足以夠進用。現在又要選拔，我擔心騷擾百姓。」窩闊臺考慮了很長時間，終於取消了這件「擾民」的荒唐事。

耶律楚材以「治天下匠」自任，順應歷史潮流，積極革新元蒙政治，輔佐太祖成吉思汗、太宗窩闊臺，一二三一年任中書令，位極宰相。他敢於直諫，在帝王面前據理力爭，即使龍顏大怒，也在所不顧，表現了剛直不阿的良好品質。為了減少百姓的賦稅負擔，他可以當著帝王的面，「極力辯諫，至聲色俱厲，言與涕俱」。窩闊臺曾聽信宦官的誣告，把耶律楚材抓了起來，但他很快就後悔了，下令釋放耶律楚材。但耶律楚材不肯解下捆綁自己的繩索。他對窩闊臺說，一會有罪抓我，一會無罪放我，如此「輕易反復，如戲小兒。國有大事，何以行焉！」直逼得窩闊臺當眾認錯：「朕雖為帝，寧無過舉耶？」敢於如此激烈地抨擊皇帝，確實是需要足夠的膽識和勇氣的。窩闊臺死後乃馬真氏掌權，重用奸邪之人，政務混亂。耶律楚材雖權力被剝奪，但仍然置生死於度外，面折廷爭，言人所難言。他曾當著乃馬真氏的面大聲質問：「老臣事太祖、太宗三十餘年，無負於國，皇后亦豈能無罪殺臣也！」其堅貞不畏強暴之性格於此可見一斑。

耶律楚材用漢族文明征服蒙古野蠻，推行了一系列有利於恢復中原文明經濟和發展的政策措施，對建立蒙古王朝的政治、經濟和文化制度，做出了重要貢獻，為後來忽必烈依靠漢人，推行漢法，建立大一統的元朝奠定了基礎。耶律楚材不僅是元朝初年有作為的政治革新家，在文學創作上也顯示了卓越的才能。他隨成吉思汗出征西域十餘年，行程六萬餘里，寫了不少反映軍旅生活，描寫西域風光的作品。〈過陰山和人韻〉這首七言古詩是作者隨成吉思汗過陰山時，為和全真教祖師丘處機詩而作，用白描手法寫陰山之雄壯，筆力剛健。〈陰山〉詩中「插天絕壁噴晴月，擎海層巒吸翠霞」，寫陰山高峻，吞吐日月雲霞的壯麗景色，用字精練生動，功力深厚。耶律楚材的詞寫得也不錯。他的〈鷓鴣天‧題七真洞〉，陳廷焯評為「語亦雄秀，是宋元人七律之佳者」。

耶律楚材與元好問同生於公元一一九〇年，前者卒於一二四四年，後者卒於一二五七年。金亡後，元好問不仕元蒙，隱居於故鄉秀容，耶律楚材則歸附蒙古，積極投身於蒙古政治的建設之中。就詩歌創作的成就來說，耶律楚材不及元好問。元好問為金代遺民詩人，而耶律楚材則被尊為元詩的開創者，這也可謂是時勢造英雄吧！

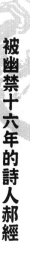

被幽禁十六年的詩人郝經

郝經出生於公元一二二三年，字伯常，山西晉城縣人，金朝滅亡後，移居到北京。他的祖父郝天挺是元好問的老師，郝經又曾是元好問的學生。元好問常常對他說：「你長得像你爺爺，才能度量不同尋常，好好幹吧！」郝經也確實不同尋常。他忠心耿耿地為忽必烈出謀劃策，是忽必烈的重要謀士，是元初頗具影響的北方文士代表人物之一。

一二五二年郝經被元世祖召入王府中，多次隨蒙古軍南下征宋，所進奏議，深得世祖賞識，曾被任命為江淮荊湖南北等路宣撫副使，率領歸德地區的軍隊戰鬥。一二六〇年，元世祖忽必烈繼承皇位，郝經被任命為翰林侍讀學士，佩帶金虎符，充任國家的信使，出使南宋。當時中國還處於南北兩個政權對峙的分裂狀態，有人以出使南宋太危險來勸阻他，他回答說：「南北構難，兵連禍結久矣。聖主（忽必烈）一視同仁，通兩國之好，雖以微軀蹈不測，苟能弭兵靖亂，活百萬生靈於鋒鏑之下，吾學為有用矣。」郝經全然不顧個人安危，出使南宋，無疑是勇敢的豪傑之舉。然而，「不測」之事還是發生了。郝經到了南宋後，就被奸臣賈似道拘囚於江蘇省儀徵縣，時間長達十六年之久。一二七五年，在元朝強大的軍事壓力下，南宋不得不「禮送」郝經回歸。這時的郝經已重病在身。一路上，他受到了父老鄉親的熱烈歡迎，「所過父老瞻望流涕」。就在這一年秋七月，郝經病逝，享年五十三歲。郝經的好友劉因曾有懷念他的詩說：「漠北蘇卿重回首。」借漢代蘇武以喻郝經的堅貞不屈，真是再合適不過了。元史本傳說郝經「為人尚氣節」，這評價自然也包含著對郝經囚拘十六年堅貞表現的褒獎。

十六年的幽禁生活，在郝經的詩歌創作中打下了深深的烙印。郝經作為元朝的使臣，被扣留在長江邊，年復一年，日復一日，與家人生生離別，孤館無眠，凋盡朱顏，頭髮半白，萬端思緒都湧上心頭，一寸肝腸不知要裂成幾截，那份對元朝故國、對家鄉親人的思念之情，都化作悲涼幽咽之音，從他的筆端流出。〈後聽角行〉、〈甲子秋懷〉、〈秋興〉等就是這樣的作品。「那堪夜夜聞角聲，怨曲悲涼更幽咽」，「枯腸欲斷誰濡沫，擊柝聲中夜煮茶」，表現了囚徒那種愁思欲絕的心境。「會順散發滄溟上，鞭擊魚龍舞碧濤」，刻畫了詩人渴望獲得自由的精神風貌。這些詩抒情意味濃厚，令人動容。顧嗣立《元詩選》評論說：郝經「真州諸作，尤極淒婉」，頗為中肯。郝經家境貧寒，飽受戰亂之苦，胸中藏有「經國安民」之道，熱望國家的統一，得到了忽必烈的信任和重用，又曾跟隨世祖征戰，這些經歷又使他與那些純粹文人型的詩人不同——除了特定環境下產生的「淒婉」之作外，更有元史本傳所說的「奇崛」之聲。如他的〈北風〉、〈靈泉行〉，好用奇語，豪宕間自有一種英氣，從中可以看出李賀、韓愈的影響。他在〈白溝行〉詩中說：「石郎作帝從珂敗，便割燕雲十六州。世宗恰得關南死，點檢陳橋作天子。漢兒不復見中原，當日禍基元在此。」石郎，石敬瑭也。他本是五代唐明宗李嗣源的女婿。李嗣源死後，兒子李從厚與養子李從珂互爭帝位，從珂殺從厚自立。年已四十五歲的石敬瑭尊契丹主三十四歲的耶律德光為父，自稱臣兒，求得契丹發援兵攻滅李從珂，立為晉國，割讓燕雲十六州給契丹。五代周世宗柴榮死後，本是周世宗殿前都檢點的趙匡胤在陳橋驛黃袍加身，做了皇帝。宋太祖趙匡胤施行的是放棄燕雲十六州的懦弱政策，這是宋王朝衰敗的「禍基」。郝經在詩中縱橫議論，詠嘆宋敗之因，寄寓了深沉的歷史感，全詩寫得蒼勁恣肆。長詩〈沙陀行〉歌頌北人作戰的勇猛：「人人據鞍皆王良，直入飲血噹頭顱。查牙生人潤枯腸，所向空闊都無敵。」崇拜武力，讚美勇武，感情充沛。隨軍征戰的生活，使郝經目睹了兵禍造成的荒涼景象，戰爭帶來的生靈塗炭的結果，這在他的〈隨州〉、〈雲夢〉、〈渡江書所見〉、〈居庸行〉、〈化城行〉、〈入燕行〉等詩中都有所反映。

「不召之臣」劉因的文才

劉因出生於公元一二四九年，其時蒙古王朝已統治了北中國。據傳說，劉因將要出生的那天夜裡，他父親夢見一位神人騎著一匹馬，載著一小兒來到他面前，說「好好養活他」。夢醒之後，劉因出生了，於是起名叫「駰」。駰，是一種淺黑帶白色的馬。字夢驥。驥者，駿馬也。後改名因；改字夢吉，吉利之夢也。

劉因的父親盼子心切，四十二歲時喜得兒子，做了那麼美的夢，希望他像駿馬一樣馳騁天下，這雖是對劉因這位名人的一種神祕化，但劉因自幼天資聰慧，穎悟過人，有似於今天的神童，確也是事實。他自幼就受到了很好的教育，及至長成，「經學貫通，文詞浩瀚」，說他馳騁學林，當之無愧；但論起仕途來，卻又是別一番光景。劉因是一個極富個性的人，「深居簡出，性不苟合，不妄接人」。所居今河北容城，離京師很近，眾多的公卿使者，聞劉因大名，常來拜見，而劉因則「多避不與相見」。一二八二年太子真金下詔，徵劉因入朝，提拔他為承德郎、右贊善大夫，做太子的僚屬，教授近侍子弟。可劉因乾了不長時間，就因繼母有病，辭職歸家。

一二九一年九月二十一日，劉因接到了忽必烈徵召他做集賢學士、嘉議大夫的詔命。這個職位屬於「三品清要之官」，劉因以一介平民，得此恩寵，實乃不易之事。無奈，此時的劉因身體極壞，已到了不能「扶病而行」的地步。

劉因是不幸的，早年失去父母，兩個姐姐相繼亡故。更令他憂傷的是，四十歲後喜得一子，卻又不幸夭折。這打擊太沉重了，使他本來就不好的身體，更加難以支撐。九月二十八日，劉因拖著沉重的病體，寫下了著名的〈上政府書〉（一名〈上宰相書〉），「以疾固辭」皇帝之召。劉因這封信細膩曲折地敘述了自己的病狀，對「恩命連至」而自己卻無法應召，不能報答「國家養育生成之德」，表示了深深的歉意，寫得聲情並茂，情真意切，哀婉動人，極富感染力和說服力。忽必烈得知劉因的情況後，非常惋惜地說：「古有所謂不召之臣，其斯人之徒歟！」「不召之臣」語出《孟子·公孫丑》下：「故將大有為之君，必有所不召之臣。」「不召之臣」喻賢能、耿介、有操守的人。忽必烈說劉因是「不召之臣」，這是對劉因的讚賞之詞。

蒙古入主中原後，忽必烈政權積極推行漢法，劉秉中、郝經、許衡等都為之立下了汗馬功勞，陰差陽錯，劉因沒能輔佐君王發揮自己的作用，一二九三年四月十六日，他帶著「待病退自備氣力以行」的夢想，病死家中，那年他才四十五歲。

劉因一生大體與忽必烈統治同步。青年時代的劉因曾抱有積極入世的態度，擁護元朝對全國的統一。一二六七年忽必烈發動了大規模的南下滅宋戰爭。這一年十九歲的劉因寫下了〈渡江賦〉，歌頌了這場戰爭的正義和必勝，認為元蒙「直而壯」，南宋「曲而老」，「我中國將合」，乃「應天順人」之事，反映了希望統一，厭惡分裂的中華民族的心理感情。整篇賦滿懷激情，慷慨激昂，寫得形象生動，酣暢淋漓，氣勢磅礴，從一個側面展示了青年劉因的文學才華。

一二八三年繼母去世，劉因居喪守孝。此後的十來年間，劉因一直過著清貧孤寂的教書、隱居生活，滋生了一種越來越濃的隱逸情緒。「雷溪真隱」之號，就是這種情緒的反映。他仰慕諸葛亮「靜以修身」之語，稱所居曰「靜修」。在七絕〈孫尚書家山水卷〉中說「到處雲山欲結庵」、「畫山須畫靜修龕」。劉因諸如此類的許多詩作中，都流露了這種隱逸情調。他羨慕、讚美隱士生活，尤其欣賞陶淵明。寫了七十六首「和陶詩」，在表露矛盾的人生態度的同時，顯示了一種高潔的情操、志趣。中年以後，劉因的思想風貌已同先前不完全一樣了。

劉因「世為儒家」，一生潛心於理學，對前代理學大師的理論作出了獨到的選擇闡釋，將理學思想繼承發揚，傳播於北方，為理學史寫下了重要的一頁。他一生勤於著述，傳世的《四庫全書》本《靜修文集》收有散文一百一十五篇，詩八百七十五首，詞三十三首，賦三篇。劉因雖是名重一時的理學家，雖然他的詩中也留有宋代以理入詩的痕跡，但他的詩卻少有道學迂腐氣。他論詩首尊《詩經》。他說：「作詩不能《三百篇》則曹、劉、陶、謝，不能曹、劉、陶、謝則李、杜、韓，不能李、杜、韓則歐、蘇、黃。」對晚唐詩則抨擊不遺餘力，此文接下寫道：「而乃效晚唐之萎苶，學溫、李之尖新，擬盧仝之怪誕，非所以為詩也。」於金代，劉因最仰慕的是元好問，受到其尚壯美、重豪放詩風的很大影響。顧嗣立評劉因詩說：「靜修詩才超卓，多豪邁不羈之氣。」（《元詩選》）這從劉因關於白溝的兩首詩中約略可以看出。

白溝河在今河北省境內，是北宋與遼的界河，詩人路過白溝河，作有〈白溝〉詩：

寶符藏山自可攻，兒孫誰是出群雄？幽燕不照中天月，豐沛空歌海內風。趙普元無四方志，澶淵堪笑百年功。白溝移向江淮去，止罪宣和恐未公。

詩人對歷史採取了一種批判的態度，通過高屋建瓴的議論，表達了對北宋王朝的批評譴責之意。北宋亡國怎能只譴責宋徽宗呢？北宋建國之初的政策，就早已埋下了亡國的禍根。這種新奇公允的看法，不同凡響，富有哲理，表現出一種深邃的歷史目光。劉因的另一首〈渡白溝〉詩，寫作者深秋時節「匹馬衝寒渡白溝」的情形，極富形象，其中也隱含著對歷史的一種反思。這兩首詩寫得境界開闊，具有一種沉郁豪邁之氣。他的〈夏日〉、〈山家〉等詩，又以寫景見長，畫面靈動明麗，清新活潑，富有生活情趣。劉因以他詩歌創作的實績，在元初北方詩壇上脫穎而出，為打破當時詩壇的平庸局面做出了可貴的貢獻。

劉因的詞曾受到後人的讚賞。況周頤說他「最服膺」劉因的詞。王半塘評劉因詞「樸厚深醇中，有真趣洋溢，是性情語，無道學氣」。他的〈玉漏遲·泛舟東溪〉云：

故園平似掌。人生何必，武陵溪上。三尺簑衣，遮斷紅塵千丈。不學東山高臥，也不似、鹿門長往。君試望，遠山顰處，白雲無恙。

自唱。一曲漁歌，覺無復當年，缺壺悲壯。老境羲皇，換盡平生豪爽。天設四時佳興，要留待、幽人清賞。花又放。滿意一篙春浪。

抒發人生感慨，於樸素中露出豪放氣息，風格略近蘇軾、辛棄疾。

劉因的散文也有佳作。〈輞川圖記〉是劉因觀看唐代王維名畫〈輞川圖〉後寫的一篇文章。但文章不是就畫論畫，而是由記畫引發，宕開筆鋒，大談「人之大節」問題，縱論畫藝與人品之關係，這就打破了畫記一體的慣常格局。文中說王維是「背主事賊」之輩，又說「人之大節一虧，百事塗地」，這些倡論風節的議論，出自「不召之臣」劉因之口，恐怕並非偶然。整篇記敘議結合，借題發揮，轉折搖曳，別具一格。

正直恤民的詩人陳孚

元代的詩歌在詩歌發展史上有著特殊的位置。如果和唐宋以至清代的詩歌相比，它好像是高山之中的幽谷，但它也不乏成就卓然的詩人，頗具才華的學者和詩人陳孚便是其中的一位。陳孚（一二四〇——一三〇三年），字剛中，號笏齋，台州臨海（在今浙江省）人，著有《觀光稿》、《交州稿》和《玉堂稿》。元世祖至元年間，陳孚在河南上蔡書院講學，任山長。至元二十九年，被推薦為翰林國史院編修官和禮部郎中。此間曾出使安南。皇帝很器重他的才幹，一度想給他加官晉職。但一些朝廷顯貴因他是南人（原宋朝統治地區的人），又忌妒他的才華，就極力排擠他。後來，他就到地方做官，曾任建德路總管府治中、台州路總管府治中等職。無論身居何職，陳孚都能正直恤民。他為人正直，為官清正，身為百姓的父母官，他體恤民情，竭力推行善政，其功德為世人所稱道。陳孚把一生都獻給了他心目中占據至高地位的貧苦百姓，最終因救濟災民而積勞成疾，於一三〇三年死於家中。死後他被追封為臨海郡公，諡號文惠。他的〈博浪沙〉詩就表現出了他對百姓生活及命運的深切關注。詩中這樣寫道：

一擊車中膽氣豪，祖龍社稷已驚搖。
如何十二金人外，猶有民間鐵未消？

《史記·留侯世家》中有張良「悉以家財求客刺秦王，為韓報仇。……得力士……良與客狙擊秦始皇帝博浪沙中」的記載。這個取材於《史記》中張良派人刺殺秦始皇的故事，詩人多用以寫復仇，而在這首詩中，詩人卻另立新意，既表達了詩人反對秦始皇鎮壓人民的反抗的主題，同時也是陳孚關心百姓疾苦的思想感情的流露，意義頗深。

作為詩人，陳孚的天才過人，而且有著俠士般剛毅的性格及放蕩不羈的性情。他的詩文，任意即成，不事雕琢，而筆力雄健。陶玉禾稱他的詩：「剛中長古，骨格遒勁，才氣橫逸，無湊句趁尾諸弱筆，可以獨張一軍。」（顧嗣立編《元詩選》）如他的山水詩〈居庸疊翠〉：

斷崖萬仞如削鐵，鳥飛不度臺石裂。
嵯岈枯木無碧柯，六月太陰飄急雪。
寒沙茫茫出關道，駱駝夜吼黃雲老。
徵鴻一聲起長空，風吹草低山月小。

古來號稱天險的居庸關，兩山夾峙，巨澗中流，陳孚把燕京八景之一的「居庸疊翠」入詩，突出了居庸關一帶迥異中原的蒼茫壯麗的景色。這首詩氣勢雄偉，筆調剛勁蒼涼，體現了元詩「雄健有剛中」的特色。難怪陶玉禾稱他的詩「於元詩中氣骨最高」。顧嗣立也曾轉引皇甫暕的話說：「其忠義之氣，遇事觸物，沛然發見，良非雕鐫刻畫、有意為文者可比也。」

陳孚的山水詩氣度悠閒，意境幽然，是其詩歌風格突出的一面，〈瀟湘八景〉之一的〈江天暮雪〉就是極好的例證：

長空捲玉花，汀州白浩浩。
雁影不復見，千崖暮如曉。
漁翁寒欲歸，不記巴陵道。
坐睡船自流，雲深一簑小。

這首詩描寫晚間江上的雪景，在茫茫大雪中，突出地寫一個坐睡船中，任意漂流的漁翁，隱然見出詩人高懷絕世的人格風貌。意境之優美，音調之婉轉，頗有柳宗元〈江雪〉詩的幽然意境，而又不像柳詩那樣有孤傲寂涼的味道。他的〈瀟湘八景〉中的另一首〈洞庭秋月〉詩也可以佐之：

月明水無痕，冷光泫清露。
微風一披拂，金影散無數。
天地青茫茫，白者獨有鷺。
鷺去月不搖，一鏡湛如故。

這首詩描繪秋夜洞庭湖的靜謐景象，微風輕拂，白鷺輕飛，打破了湖面月影的平靜。這樣的描寫靜中有動，充滿情趣，詩的意境清新優美，使洞庭秋月更增添了幾分溫馨與安寧。

陳孚以歷史為題材的詩，以古寓今，寄託遙深，富有新意。如〈鳳凰山〉：

浮屠百尺聳亭亭，落日鴉啼也蔓青。
故國盡銷龍虎氣，荒山空帶鳳凰形。
金根輦路迎禪駕，玉樹歌臺語梵鈴。
唯有錢塘江上月，年年隨雁過寒汀。

鳳凰山因由左瞰大江，形如鳳凰欲飛而得名。山岩曲折，山頂平廣，宋朝曾在山上建行宮，操練兵卒。此詩描寫鳳凰山的蕭瑟景色，表面是在感慨宋室的滅亡，而暗中卻深寓作者的傷時之意，「骨格清峻，語意含蓄」。胡應麟將此詩稱為元人七律中的佳作：「全篇整麗，首尾勻和。」

陳孚的詩善於化用前人的詩句和典故，極其精巧，如〈居庸疊翠〉詩有「駱駝夜吼黃雲老」句，就是化自王維〈送平淡然判官〉詩：「黃雲斷春色，畫角起邊愁。」而「風吹草低山月小」句則由〈敕勒歌〉「天蒼蒼，野茫茫，風吹草低見牛羊」及蘇軾〈後赤壁賦〉「山高月小，水落石出」而來。另外，〈鳳凰山〉中「故國盡銷龍虎氣」句，則來源於《史記．項羽本紀》范增對項羽說的話「吾令人望其（劉邦）氣，皆為龍虎，成五彩，此天子氣也，忽擊勿失！」

陳孚的〈開平即事〉雖是一首歌詠帝都風光氣象的詩，並無新意，但全詩一氣呵成，布排穩妥，且「雕影遠盤青海月，雁聲斜送黑山秋」句用詞考究，對仗工整，堪稱古詩中的上乘之作。〈永州〉詩：

燒痕慘淡帶昏鴉，數盡寒梅未見花。
回雁峰南三百里，捕蛇說裡數千家。
澄江繞郭聞漁唱，怪石堆庭見吏衙。
昔日愚溪何自苦，永州猶未是天涯。

在結構章法上和李白的〈越中覽古〉頗為相似。詩人先是描寫永州蠻荒的景物，而至詩的末尾兩句則筆鋒突轉，和前面的描寫形成鮮明的對比，可見詩人作詩的功力。

能詩善文的文人揭傒斯

《南史．曹景宗傳》說，曹景宗性情浮躁好動，總也不能沉靜下來，乘車外出時常常要拉開帷幔。親信勸諫他，他很不高興，對親信說，我以前在鄉里，騎馬馳獵，好不快活。現在來揚州做貴人，動轉不得。途中打開車幔，下人就說不行。讓我閑放在車中，就像過門才三天的新娘子那樣，悒悒使人氣盡。後來就用「三日新婦」比喻行動拘束、不自由。過了七八百年，又有一位元代才子也被稱為「三日新婦」，他就是元後期著名詩人揭傒斯。說起「三日新婦」的來歷，還有一段文壇趣事。當時被稱為「元詩四大家」的有虞集、楊載、范梈和揭傒斯，當有人問虞集如何評價四大家的詩時，虞就用「三日新婦」喻揭詩、用「唐臨晉帖」喻范詩，用「百戰健兒」喻楊詩，而用「漢廷老吏」喻自己的詩。揭傒斯不滿虞集對自己的評語，就在一天夜裡去質問虞集。見面後一提起這事，虞說：「確實有這樣的話，可並不是我虞集一人說的，而是整個中州人都這樣說呀。而且不但是整個中州的人這樣說，這也是天下人的通論哪。」揭很不高興，竟深夜告辭回去。虞挽留不住。過了一段時間，揭傒斯寄詩給虞集，其中「奎章分署隔窗紗，學士詩成每自誇」二句，點明彼此風格不同並有責備虞為詩自誇之意。虞收到詩後，對門人說：「揭公這首詩寫得很好，只是才力已經枯竭。」於是在原詩後面批道：「今日新婦老了。」虞集稍後寄詩與揭：「故人不肯宿山家，夜半驅車踏月華。寄語旁人休大笑，詩成端的向誰誇？」沒多久，揭應徵入京病死任上。其實，虞集以「三日新婦」喻揭傒斯詩的嫵媚嬌秀是很恰當的。

揭傒斯（一二七四—一三四四年），字曼碩，龍興富州（今江西豐城）人。他的父親揭來成是南宋鄉貢進士，也是他的詩文啟蒙老師。在父親的指教下，揭從小便嗜書如命，經史百家無所不涉，很快便在當地小有名氣。古人講究學問的互相切磋、交流，學以致用，即杜甫所說「讀萬卷書，行萬里路」。大德年間，揭傒斯開始到湘漢一帶遊學，正巧遇上當時在湖南做官的趙淇。這位以「知人」自豪的名士見揭氣度不凡，文思敏捷，便吃驚地說道：「將來一定成為文壇名士啊！」曾相繼擔任湖北道肅政廉訪使的程鉅夫和盧摯，也是很有名氣的大學問家，他們都很器重揭傒斯。盧摯非常賞識揭的文筆，便向朝廷推薦任用。負責管理國史館的李孟見到揭撰寫的〈功臣傳〉，禁不住撫卷讚嘆道：「這才稱得上是史筆，其他人只能算是抄書匠了！」揭傒斯的名聲也更大了。皇慶年間，揭傒斯隨程鉅夫進京，程做主將自己的堂妹嫁給了他，當時人因此尊稱揭為「程公佳客」，一時傳為佳話。此後，揭傒斯始任國史館編修官，前後三次入翰林，官至侍講學士。天曆二年（一三二九年），元朝開設奎章閣，首任授經郎中就有揭傒斯。

在元詩四大家中，揭傒斯的詩文較有特色。其文章倫理意識明顯，如〈浮雲道院記〉、〈胡氏園趣序記〉等，以清淡的筆墨反映了文人的閒適情趣。揭傒斯還寫了不少題記、碑文。元泰定四年（一三二七年），他用遊記形式寫成〈陟亭記〉，旨在表彰宋末元初的鄉賢處士阮霖。文章先用寥寥數語交代出發現陟亭的經過，突出陟亭環境的幽僻隔世，以此烘托阮霖的人品和才能，為下文作鋪墊，然後用簡潔的文字過渡，客觀地介紹阮霖的為人。之後又撇情入景，描寫山川的秀麗壯美，點明懷先人之情，暗伏建陟亭的緣由，從而達到讚譽阮霖高潔品質、才能可與山川同美的目的。最後正話反說，發出感慨，寥寥幾語便戛然而止。全文構思巧妙，嚴整簡當，融敘事、抒情、說理為一體，深於諷託，顯示出作者高超的寫作技巧。其詩歌內容較另外三大家的詩作遠為豐富，其中不少為憂國憂民之作，如〈楊柳青謠〉、〈題蘆雁〉、〈臨川女〉、〈祖生詩〉等，都繼承了中唐詩歌的現實主義精神，在一定程度上揭露了現實生活中的矛盾和不合理現象，對勞動人民和不幸者寄予同情。〈楊柳青謠〉民歌風味十足，抒寫了對民生疾苦的關切，並對朝政有尖銳指責。〈題蘆雁〉則將矛頭直指元朝統治者的民族歧視政策：

寒就江南暖，飢就江南飽。
莫道江南惡，須道江南好。

《至正直記》稱其譏刺「色目北人來江南者，貧可富，無可有，而猶毀辱罵南方不絕」。儘管從元初到元中葉，元代歧視南人的觀念已有所改變，不少君主還大興儒學，任用漢人做高官，但烙在漢人、南人心中的傷痛怕是永遠無法撫平的。因此，身為南士，性格又很耿直的揭傒斯借題發揮，以示強烈抗爭，就很自然了。揭傒斯寫過許多山水詩，如其代表作〈夏五月武昌舟中觸目〉，描寫初夏時在長江中見到的優美景色，全詩音律婉轉而又有變化，用語考究，儼然一幅水上風景畫。〈衡山縣曉渡〉寫拂曉時在江中坐船所見景色，景物描寫細緻有動感。有坐落江邊的小城，有步履輕輕的行人，有輕快的飛鳥，婉轉的江流，與渡船相迎的青山及迎面撲來的似星星雨滴的雲氣。所有這些都透出了作者對江上景色的眷戀。《四庫全書總目》稱這類詩「清麗婉轉，別饒風韻」。揭傒斯也有些氣勢豪放，頗似李白詩風的詩作，如〈春日雜言〉之五。

在各體詩中，揭傒斯最擅長的是五言古詩。早在大德七年他與盧摯相見時，呈給盧的三首詩便全是五古。與他同時代的楊載說揭詩善於「五言短古」，「五言短古，眾賢皆不知來處……次則豫章三日新婦曉得」；歐陽玄也說揭「作詩長於古樂府、選體、律詩、長句，偉然有盛唐風」，這裡的「選體」即指五古。

揭傒斯不但能詩擅文，而且很有見識。他曾上疏朝廷請求制止官吏濫用職權向百姓收取淘金稅。在任奎章閣授經郎期間，曾向文宗呈上〈太平政要策〉，力陳治國主張。當丞相脫脫問及治天下哪件事為先時，他回答說首先便是儲備人才，「平時國家培養他們，在政務繁擾時使用他們，就不會有失去人才和政務廢弛的憂患了」。其見識由此可見一斑。至正三年夏天，揭傒斯參與編修宋、遼、金三史，並任總裁官。過了一年，遼史修成。為儘早完成金史，揭不顧年邁，乾脆住在國史館，宵衣旰食。終因勞累過度，又受了風寒，臥病七天後辭世，享年七十一歲。朝廷為表彰其業績，追封豫章郡公，諡號文安。傳世著作有《揭文安公全集》十四卷，補遺一卷。

被道士預言的文學大家

大凡在歷史上有一定知名度的人，往往被後人附會出與之相關的這樣或那樣的神異故事，以彰顯其名，歐陽玄就曾有過這樣的經歷。歐陽玄亦作歐陽元（一二七四－一三五八年），字原功，號圭齋，又號平心老人，為宋代歐陽修之後。祖籍廬陵（今屬江西），因其曾祖父、祖父都曾在湖南為官，並舉家遷居瀏陽，所以歐陽玄當為瀏陽人。大概因為他是大名鼎鼎的歐陽修的後人，其母李氏特別注意對他的培養教育，親授《孝經》、《論語》及小學。歐陽玄八歲時，便能熟練地背誦出所學書的內容。十歲時，跟從鄉里老先生張貫之學習作文，一天竟能寫數千字，且很有文采。相傳，當時有一位道士來到張家，徑直走到歐陽玄面前，注視良久，然後對張老先生說：「看這個孩子神氣凝遠，目光射人，今後定當以文章稱雄於世，是國家的有用之才呀！」道士說完便離去了，等到張老先生追出去想要再和他交談時，道士早已無影無蹤了。怪異的事還不止如此，又隔了不久，主管教育的官員巡視到瀏陽縣，歐陽玄以鄉里諸生的身份詣見，官員命他賦梅花詩，他馬上就寫了十首，等到晚上回家時，已增至百首。見到此情的人都大驚失色，認為歐陽玄不是常人。此後，歐陽玄聲名鵲起，廣為人知。歐陽玄十四歲時，向宋代遺老學習詞章作法，表現極為突出。到他十六歲時，在文壇上的名氣更大了。歐陽玄曾受教於虞集之父虞汲，虞汲眼見歐陽玄文章的突飛猛進而感到吃驚，趕緊叮嚀虞集：「他日定當與你並駕齊驅。」二十歲後，歐陽玄不再拋頭露面，開始閉門治經史，「經史百家，靡不研究，伊、洛諸儒，尤為淹貫」。當時任嶺北湖南道廉訪使的盧摯很器重他，竭力舉薦，但他婉言拒絕了盧的推薦。延祐六年，元政府恢復科舉取士制度，歐陽玄因攻讀《尚書》被推薦。第二年，賜同進士出身，授岳州路江州同知，並調任蕪湖縣尹。當時蕪湖縣有許多積案未決，歐陽玄下車伊始，詳察各案實情，使眾案一一得到妥善處理。他還在縣里大行教化，使縣里百姓安居樂業，以至到處為害的飛蝗竟不入蕪湖縣境。

歐陽玄是著名的文章家，危素〈圭齋先生歐陽公行狀〉稱，「凡宗廟朝廷雄文大冊，播告四方，國所用制誥，多出公手」。雖然官方文告能使歐陽玄名噪一時，但是真正體現其文章家風格的倒是他的那些警策而平易的散文。一方面，他為自己與歐陽修同族而自豪，稱「吾江右文章名四方也久矣，以吾六一公倡為古也」，並以「羽翼吾歐陽公之學」和族兄相勉，極力推崇歐陽修「舒徐和易」的文風；另一方面，他也不主張一切照搬前人，而主張「規矩蔑一定之用，文章懷無窮之巧」，既要學習前人文章，又要有自己獨特的風格。就其《圭齋集》中各篇看，其議論開頭幾句突發警策之語，然後漸趨平易，如〈遜齋記〉開首即發問：「有一言而可終身行之者乎？聖門高弟固嘗有如是問矣」。其弟子宋濂稱其「為文章雄而辭贍，如黑雲回頭，雷電恍惚，雨雹颯然交下，可怖可愕。及其雲散雨止，長空萬里，一碧如洗。可謂奇偉不凡者矣」。此論僅就歐陽玄散文開頭的筆法來說，再恰當不過了。歐陽玄的學術思想是平實的，其自讚就清楚地表明了他個人的特點：「不古不怪，不清不奇。置之竹籬茅舍，似無不可；貢之玉堂金馬，亦無不宜。噫！百年三萬六千日與吾相對，吾亦不知其為誰？」語中不乏自負，但也可敬可愛。與其關係密切的揭傒斯在《歐陽先生集序》中說他「為文豐蔚而不繁，精密而不晦者。有典有則，可諷可誦。無南方啁哳之音，無朔土暴悍之氣」，這個評論是比較符合其文章實際情況的。

歐陽玄還寫過一些很有情趣的小詩，如〈為所性侄題小景〉其一，詩中寫歸舟的帆已落下，可是還沒有靠岸，而行客因酒渴喉急，一見林間酒店標誌，便緊催舟人撐篙。其急不可耐之狀畢現。又如〈京城雜詠〉其一：

京城走馬聽晨鐘，我亦宵徵僕與慵。
卻憶江南春睡美，小樓敧枕聽村舂。

因京城的鐘聲而引起在故鄉臥聽搗舂聲，同在早晨，同是僕人睡意正濃、慵懶倦怠。從這平常的事象中，透出濃重的思鄉情緒。

除了詩之外，歐陽玄還寫過一組〈漁家傲〉詞，共十二首。歐陽玄是紀典修文的高手，但從其詞作的數量及質量看，顯然不是倚聲填詞的專家。他在這組詞前的小序中寫到了填詞的時間和動機：時間是至順壬申二月，即一三三二年，動機是仰慕先人歐陽修〈漁家傲〉詞而仿作之。小序還自詡記物博洽，可資未至京師而欲考其風物者所用。這就難免使其詞作因乏情而凝滯呆板。不過，其中第八首〈八月都城新過雁〉除外，全詞辭清意永，感情深厚，有較強的藝術感染力。

歐陽玄還是書法大家，不過這方面的成就是逼出來的。歐陽玄原本不擅書法，但是到朝廷後，起草典製、書寫銘讚及題詠等，使他不得不多所用力，即如他自己所說：「余拙於書，病餘愈拙，近日求余文者多求余書；不得已力書以塞其請，然實非餘之素志也。」他學蘇軾，用側鋒，取斜勢，率而拙，剛正莊嚴，非當時一般人可比，這大概與其「性度雍容，含弘縝密、處己儉約」的性格有關。《書史會要》稱「玄行草略似蘇文忠（軾），而剛勁流暢，風度不凡」。由不擅書到「海內名山大川、釋老之宮、王公貴人墓隧之碑，得玄文辭以為榮」，這算得上歐陽玄的又一奇事了。

歐陽玄去世於至正十七年，朝廷追封楚國公，謚號文。有《圭齋文集》傳世。

唱出民生疾苦的許有壬

許有壬（一二八七—一三六四年）字可用，祖籍潁州，後遷湯陰（今河南境內）。有壬小時候，聰穎過人，讀書一目五行，且過目不忘。有一次，他同別人一起學習時，閱讀衡州的〈淨居院碑〉。這篇碑文較長，有近一千個字，他讀過一遍後，就毫無遺漏地背誦出來，令人嘆服。大德十年，他二十歲時，當時任翰林侍讀學士的暢師文，推薦他進入翰林，但沒有成功。延祐二年，他考中進士，趙孟頫與趙世延對他都頗為賞識。從此，他開始步入仕途，且平步青雲。他是元代詩人中靠科舉入仕的第一人，歷任七朝，為官五十年，官至集賢殿大學士，中書左丞，聲名可謂顯赫。

許有壬中進士後，被任為遼州知事。這時邊境上常有戰鬥，別的州縣聽任百姓逃避，有些孩童都被扔棄在路上慘不忍睹。有王則不許百姓逃避，他自己親自率領弓箭手，堅閉城門抵抗，大大地保護了百姓的利益。泰定初年，許有壬已升為中書左司員外郎，這時正趕上京都郊區鬧饑荒，百姓食不果腹，流離失所。許有壬請求朝廷救濟百姓，有的官員反對，說：「子言固善，其如虧國何！」許有壬反駁說：「不然。民，本也；不虧民，顧棄虧國邪！」最後許有壬把這事又告訴丞相，政府發放糧食四十萬斛救濟百姓，救活了許多人。在許有壬的思想中，一直貫穿著一種民本思想。

許有壬的仕途雖然一帆風順，但也有幾次被迫歸隱。一是中書平章政事上疏，要求廢除進士考試，許有壬力諫不聽，稱疾告歸，皇帝強用之，才復仕。二是至元初年，有人蓄意謀反，許有壬受到元人猜忌，被迫歸隱老家。他出去遊山玩水，在湘漢間度過了一些日子，寫下了不少詩詞，直到至元六年，他才重被任用。三是許有壬的父親在長沙做官時，曾開設義學，培養學生，死後，他的學生為紀念他，為他設立了東岡書院，朝廷也認可，並委派官吏，使之成為育才之地。但監察御史和許有壬有矛盾，上疏反對該書院，並誣陷許有壬，許有壬同他的弟弟許有孚、許有儀都不得不告退。這樣的經歷，一方面反映了許有壬本身具有中國傳統文人的氣質，另一方面，也增強了許有壬詩中的身世之感。

隨著年齡的增長，他的聲望也越來越大，他任太子左諭德時，太子對他非常尊重。有一次，他到宮內拜見太子，太子正在玩一隻猛禽，見到他，立刻停下來，讓左右人離去，陪他說話。許有壬做官，歷來為人所稱許。《元史》中評價說：「……遇國家大事，無不盡言，皆一根至理，而曲盡人情。當權臣恣睢之時，稍忤意，輒誅竄隨之，有壬絕不為巧避計，事有不便，明辨力諍，不知死生利害，君子多之。」

許有壬晚年，朝廷賜他大量錢財，且讓他享受終身俸祿。他出錢購買了一處大宅院，是康氏舊宅，裡面桃李杏花，次第開放，環境優美雅緻，最有特色的是，裡面建有很多池塘，湖光天色，悅人心性，許有壬稱之為圭塘別墅。他連同他弟弟的朋友賓客，留戀其間，在園中飲酒賦詩，多以園中的池塘為題，此唱彼和，相互酬答。有一天，許有壬和他的弟弟許可行在園中飲酒，許有壬寫了〈次和可行赴圭塘〉一詩：「卜築何如履道坊，千紅萬綠浸銀塘。要回衰境為全盛，卻使閒人號最忙。活水清圍容膝屋，新篁高處及肩牆。煙霞遮斷塵埃路，才覺山林白晝長。」這是許有壬這類詩中較好的一首，其他人也都有唱酬。後來，他的弟弟許有孚，把他的一部分詩結集成冊，名之曰《圭塘小稿》，就以「圭塘」來命名。

許有壬的詩作，是他宦遊生涯的記錄，也是他民本思想的反映。顧嗣立在《元詩選》中說他：「凡志有所不得施，言有所不得行，憂愁感憤，一寓之於酬唱。」在他的詩集中，這類酬唱的詩占有很大的比例。許有壬剛中進士時，寓居京師，和洛陽的高元用住一個房間，正趕上天氣非常寒冷，他們兩人就擠在一起睡。許有壬在〈寄高元用〉的詩中有「兩鬢煙雲朝共爨，一窗風雪夜共衾。為君拈起當時語，應見相思萬里心」的句子。他們成為好朋友，兩人常以書信聯繫，有較深的友誼。許有壬的詩作中，還有一些抒發了他的身世榮枯之感，反映了他嚮往田園生活的思想，他購置圭塘別墅，本身就是一種實踐。但代表許有壬詩歌成就的，反映他的創作水平的，還是他寫的反映民生疾苦的作品，如〈哀棄兒〉：

霜雪載途風裂肌，有兒鶉結行且啼。
問兒何事乃爾悲，父母棄之前欲追。
木皮食盡歲又飢，夫婦行乞甘流離。
負兒遠道力已疲，勢難俱生灼可推。
與其疐尾莫追隨，不如忍割從所之。
今夕曠野兒安歸，明朝道殣非兒誰。
父兮母兮豈不慈，天倫遽絕天實為。

十年執政雖鹹腓，發廩有議常堅持。
昔聞而知今見之，倉皇援手無所施。
兒行不顧寒日西，哭聲已遠猶依稀。

這實在是一幅令人傷感辛酸的圖畫。

另一首〈書所見〉中，他寫道：「田園賣盡及兒孫，少壯流移老病存。」對百姓的流離失所，許有壬表現出了深切的同情。這對於一位高官顯貴來說，實在是難能可貴。許有壬的一些詩，還描寫了一些農村的景象，歌詠一些動物、植物。如他的〈馬酒〉、〈秋羊〉、〈黃羊〉、〈蘆服〉、〈白菜〉、〈沙菌〉、〈地椒〉、〈韭花〉、〈尋梅〉等等，富有生活的氣息。這在元代其他詩人中是罕見的。他的詩不僅內容豐富，而且有的詩在藝術上也屬上乘。如〈荻渚早行〉：「水國宜晚秋，羈愁感歲華。清霜醉楓葉，淡月隱蘆花。漲落高低路，川尹遠近沙。炊煙清不斷，山崦有人家。」

除了詩作外，現存許有壬詞還有一百六十多首。在元代，許有壬是一位多產的作家。他的有些詞作寫得有情韻，富雅致。如〈滿庭芳．偕劉士安馬明初登荀和叔廣思樓〉：「沙路無泥，柳風如水，嫩涼偏入吟鞍。廣思樓上，雨後看西山。回首炎氛千丈，便長嘯，跳出塵寰。青天外，斜陽澹澹，倦鳥正飛還。郊原秋色裡，望窮霄壤，倚遍欄杆。問神仙何處，獨占高樓。樓下悠悠洹水，為底事，不暫休閒。吾衰矣，休將舊手，遮日上長安。」

許有王還有較多的散文作品，寫得簡潔流暢。

歐陽玄為他的詩文集作序，認為他的詩文雄渾宏雋，湧如層瀾，迫而求之，則淵靚深實。這種評價是很高的。

許有王死後，謚號「文忠」。

傑出的少數民族詩人：薩都剌

元代雜劇、散曲以及小說的長足發展，成為中國文學史上引人注目的現象。相形之下，詩詞的創作未免顯得有些黯然。在這樣一個詩詞創作寂寞的時代裡，卻出現了一位少數民族詩人，他的漢語詩詞令元代詩壇耳目一新，這個人就是薩都剌。

薩都剌（一二七四？—一三四五？年），字天錫，號直齋。清代人說他是蒙古人，陳垣在《元西域人華化考》一書中考證，他是回族人。薩都剌的祖父和父親作為色目勳將鎮守雲、代兩郡，定居於雁門（今山西代縣）。薩都剌出生於雁門，在這裡受到了漢文化的薰陶和教育。因此，薩都剌自稱雁門人或代郡人，他的詩集題為《雁門集》，共十四卷。

薩都剌一生坎坷。在《雁門集》中有〈燈草〉一詩，詩中說：「天涯何處無青青，王孫去後蘼蕪深。」這詩雖是為趙孟頫所作，但也正好說明了薩都剌的身世。薩都剌少時生活比較優裕，到了青年時代，家境已經式微，過著貧寒卑微的生活。直到他五十五歲時才考中三甲進士，步向仕途。以後擔任過一些中下級官職。一三五〇年，他因彈劾權貴而貶職，時年已近八十，隨即退休。薩都剌初踏仕途時，雖然年過半百，但還雄心勃勃，他寫詩說：「承恩朝罷頻回首，午漏花深紫殿高。」對朝廷的一片眷戀之情溢於言表。經歷了宦海的沉浮之後，他非常失望，「南臺月照男兒面，不照男兒心與肝。」昏庸腐敗的朝廷不知道他的一片赤誠，只好獨自傷懷。如今，他只能有一種選擇：「一尊春酒青山暮，三徑寒香紫菊秋。」於是，歸隱山林，在大自然中安度晚年。

　　薩都剌一生吟詩不停，把詩歌創作看做是自己的第二生命。「何如與子談詩夜，雪凍空林落舊柯」（〈休上人見訪〉），「有時得句無人知，風雨寒窗夜讀書」（〈高郵至邵伯〉）。他一生都在苦苦探索詩歌藝術。前人論薩都剌的藝術風格，往往以「流麗清婉」、「風流俊逸」來概括。虞集稱薩都剌的詩「最長於情，流麗清婉」。清人顧嗣立稱之為「清而不佻，麗而不縟」。的確，清新的格調，是薩都剌有意追求的目標，他在〈度嶺輿至崇安命櫂建溪〉中說：「會登天柱峰，一覽宇宙大。少吐胸中豪，神遊八荒外。題詩贈山靈，清氣留勝概。」

薩都刺的詩，「不以才學為詩」，「不以議論為詩」，且又不以用典為能事，努力追求一種清新自然的詩風。這也是他在元代文學史上具有獨特地位的一個重要原因。薩都刺一生遊歷甚廣，許多記遊寫景詩令人喜愛。如〈過讚美庵〉：

夕陽欲下行人少，落葉蕭蕭路不分。
修竹萬竿秋影亂，山風吹作滿山雲。

這種輕快流麗、情感舒張的格調，與元代「四大家」尤其是虞集為代表的典雅工穩的藝術風格有很大區別。再如〈清明遊鶴林寺〉：

青青楊柳啼乳鴉，滿山亂開紅白花。
小橋流水過古寺，竹籬茅舍通人家。
潮聲捲浪落松頂，騎鶴少年酒初醒。
計將何物賞清明，且伴山僧煮新茗。

這是薩都剌青年時期的詩作，全詩在內容上，尋山訪水同慕道參禪、懷古嘆時相結合；在藝術上，詩句清秀雋永，意境深遠，儼然一幅「有聲圖畫」。他的〈江城玩雪〉寫得也很有神韻：

雪色紛紛客倚欄，長江風急吼天關。
千重鐵甕成銀甕，一夜金山換玉山。
舟子迷歸寒浦外，衲僧疑在白雲間。
曉來霽日高林照，好景依然悅我顏。

詩人為我們描繪了一幅江城雪景，在濛濛茫茫的玉山白雲之間，出現禪僧的身影，詩中有畫，畫中有詩，自然的美景同詩人追求禪機道心的清靜相交融，使全詩平添了許多空靈之氣。

薩都剌是一位具有正義感的詩人，他不只是為個人的命運寫作，對人民苦難的生活寄予了深切的同情，用自己的詩為人民鳴不平。他的〈鬻女謠〉很有代表性：

揚州嫋嫋紅樓女，玉箏銀箏響風雨。
繡衣貂帽白面郎，七寶雕籠呼翠羽。
冷官傲兀蘇與黃，提筆鼓唇趨文場。
平生睥睨紈綺習，不入歌舞春風鄉。
道逢鬻女棄如土，慘淡悲風起天宇。
荒村白日逢野狐，破屋黃昏聞嘯鬼。
閉門愛惜冰雪膚，春風繡出花六株。
人誇顏色重金璧，今日饑餓啼長途。
悲啼淚盡黃河幹，縣官縣官何爾顏。
金帶紫衣郡太守，醉飽不問民食艱。
傳聞關陝尤可憂，旱荒不獨東南州。
枯魚吐沫澤雁叫，嗷嗷待食何時休。
漢宮有女出天然，青鳥飛下神書傳。
芙蓉帳暖春雲曉，玉樓梳洗銀魚懸。
承恩又上紫雲車，那知鬻女長欷噓。
願逢昭代民富腴，兒童拍手歌康衢。

這是薩都剌具有較強思想內容和戰鬥力的著名詩篇。詩人用他獨有的筆觸描繪了一幅元代社會生活圖。這裡有路旁被拍賣的婦女，啼哭哀號；有經過「鬻女」身旁的紅樓女、白面郎和冷官，冷漠一瞥。看到這裡，詩人按捺不住內心的憤怒。筆鋒轉向統治者，「縣官縣官何爾顏」，你有何面目面對這悲慘的現實？詩人並沒有只停留在這裡，而是深入一層，「傳聞關陝尤可憂」，天下蒼生莫不如此悲苦，無人來問問這道旁的「鬻女」。貧富懸殊，官府對人民急征暴斂，人民生活不可終日。讀了薩都剌的這首詩，可以想見元代統治者殘酷暴虐到何等程度！

薩都剌對詩歌藝術有著不懈的追求，歷史上流傳著關於他的「一字師」的故事。相傳，薩都剌寫了一首七律〈送欣上人笑隱住龍翔寺〉，頷聯原是「地濕厭聞天竺雨，月明來聽景陽鐘。」虞集見了說：「詩寫得很好，可是有一個字不穩。聞與聽在字義上相同，為什麼不把『聞』改作『看』呢？唐人就有『林下老僧來看雨』的句子。」薩都剌聽了，極為嘆服，從此稱虞集為「一字師」。

薩都剌不僅詩名遠播後世，他的詞作也非常有特點。他十分擅長用詞的形式抒發懷古之幽情，他的懷古詞，氣勢磅礴，雄渾壯闊。趙蘭序其集云：「其詞雄渾清雅，興寄高遠。」

吳梅《詞學通論》中對薩都刺的懷古詞也評價頗高，他說：「天錫詞不多作，而長調有蘇辛遺響。大抵元詞之始，實受遺山之感化。子昂以故國王孫留意詞翰，涵養既深，英才輩出。雲石海涯以綺麗清新之派，振起於前，而天錫繼之，元詞以此時為盛矣。」

懷古必有所登臨瀏覽，由山水之勝激發感今懷古之情。薩都刺也是如此，他把描寫山水之勝境與抒發懷古幽情巧妙地結合在一起。在這方面，他是較好地繼承我國古代懷古詩傳統的一位詞人。他的主要作品有，〈滿江紅・金陵懷古〉、〈念奴嬌・彭城懷古〉、〈百字令・登石頭城〉、〈酹江月・姑蘇懷古〉和〈木蘭花慢・彭城懷古〉等，每篇都可稱為佳品，都是擊嘆千古，披瀝襟懷之作。尤其是他的〈滿江紅・金陵懷古〉，造意遣詞，氣象高遠，具有王安石的〈桂枝香・金陵懷古〉的神韻：

六代繁華，春去也、更無消息。空悵望、山川形勝，已非疇昔。王樹堂前雙燕子，烏衣巷口曾相識。聽夜深、寂寞打孤城，春潮急。

思往事，愁如織。懷故國，空陳跡。但荒煙衰草，亂鴉斜日。玉樹歌殘秋圳冷，胭脂井壞寒螿泣。到如今、唯有蔣山青，春淮碧。

這首詞豪邁而帶感慨，抒寫了一個弔古傷今、襟懷磊落的詩人的感受。在水光山色的描摹中寄託了青山常在，綠水長流，富貴如過眼煙雲的思想。嘆惜而略帶感傷，抒情而又寫景，情景交融，物我統一。細讀這首詞，句句似在抒情，可句句又在寫景，加上用前人詩句、典故切合時地，並能使之溶化，在藝術上達到了較高的境界。

薩都剌的〈百字令・登石頭城〉則更有東坡遺風，全詞如下：

石頭城上，望天低吳楚，眼空無物。指點六朝形勝地，唯有青山如壁。蔽日旌旗，連雲檣櫓，白骨紛如雪。一江南北，消磨多少豪傑。

寂寞避暑離宮，東風輦路，芳草年年發。落日無人松徑裡，鬼火高低明滅。歌舞尊前，繁華鏡裡，暗換青青髮。傷心千古，秦淮一片明月。

這是薩都剌晚年的作品。讀著這首詞，在我們的眼前，彷彿出現一位鶴髮童顏的老人，他挺身屹立在石頭城上，望著滾滾東逝的江水。嘆無情歲月有多少，消磨盡英雄豪傑多少好時光。薩都剌一生，懷才不遇，鬱鬱不得其志，貧窮潦倒的生活，使他謀生艱難，歸隱無山，做官無聊，求仙則又縹緲，「江左風流在，長懷晉謝安。愛山那厭世，畏事卻嫌官」。

只能是寄託在「傷心千古，秦淮一片明月」了。

薩都剌的〈木蘭花慢．彭城懷古〉讀來同樣讓人蕩氣迴腸，心胸開闊：

古徐州形勝，消磨盡，幾英雄。想鐵甲重瞳，烏騅汗血，玉帳連空。楚歌八千兵散，料夢魂，應不到江東。空有黃河如帶，亂山回合雲龍。漢家陵闕起秋風，禾黍滿關中。更戲馬臺荒，畫眉人遠，燕子樓空。人生百年寄耳，且開懷，一飲盡千鐘。回首荒城斜日，倚闌目送飛鴻。

全詞寫景抒情，徵引史事，用典貼切，用字準確。讀之，使人不禁追念起項羽、劉裕、張建封等一批歷史人物。

鐵笛道人：復古詩人楊維楨

在元代詩壇上，楊維楨是一位眾體兼擅、成就卓著而又集讚譽與詆毀於一身的詩人。無論是在他的生前或身後，人們對他的為人和創作的評價都不一致。如果我們聯繫他的生平經歷來分析他的創作生涯，就會看到，楊維楨在元代文壇上確實是一個特異的存在。

楊維楨（一二九六—一三七〇年），字廉夫，號鐵崖，一號鐵笛道人，會稽（今浙江紹興）人。楊維楨出身於官宦之家。在他降生前一天，他的母親夢見月中金錢入懷，這被看做是一個吉祥的徵兆。楊維楨聰明過人，小時候就能每天背誦書籍數千言。後來他的父親楊宏在鐵崖山中修了一座樓，在樓上放置了幾千卷的書籍，撤去梯子，讓楊維楨在樓上讀書。楊維楨這樣一連讀了五年。為了紀念這一讀書生涯，他又自號為鐵崖。他寫的文章很有見地，一些儒生們都說他的文章氣勢咄咄逼人。泰定四年，楊維楨三十二歲時考中進士，署天臺縣尹。他因為懲治當地狡猾的官吏而被免官，後來改任錢清場鹽司令。當時的鹽賦很重，民眾不堪忍受。楊維楨不計利害，為民請命，使民眾的賦稅得以減少，但卻引起了上司對他的不滿，並直接影響到他後來的升遷。他為官清正廉潔，盡職盡責，卻因為辦事認真，過於急躁而不被上司喜歡。後來他的父親母親相繼去世，他在家中服喪。丁艱之後，他又受到了十年的冷落，沒有得到新的委任。當時元朝開始修金、遼、宋三史，楊維楨打算參加這項工作，就寫了一篇〈正統辯〉的文章給皇帝，想引起注意，以便打開一條出路。他果然受到了當時的修史總管歐陽玄的注意，歐陽玄推薦他參加修史的工作，卻被上司拒絕。以後他又被分配到杭州做「四務提舉」，雖然官職低微，庶務忙碌，但他還是那樣盡心竭力，為民眾做了不少好事。但他的努力並沒有結果，上司不看重他的才能，以後又把他派去建德路總管府做推官，專門審理案件。不久又派他做江西等處的儒學提舉。這使得楊維楨非常失望，並成為他最後退出官場的重要原因之一。他終於明白，以他的氣質和性格，決不會受到上司的看重。再有才幹，再努力地表現也不行。因此對於江西儒學提舉這一職務，他沒有接受，從此便走上了歸隱之路。他先是在富春山躲避兵亂，後來又遷到錢塘居住。張士誠占領平江後召他，他往而不留。後因事違忤坐鎮杭州的江浙行省左丞達識帖睦邇，又遷到松江。楊維楨為官期間，一直是在其位而謀其政，希望通過自己的努力，對國家政事有所補益。在辭官以後，楊維楨的生活道路和生活方式發生很大的變化，由過去的憂國憂民的官員變成了一個風流文人。他從五十多歲以後，過了二十多年的風流歲月，為自己留下了耽好聲色、放蕩無行的惡名。明清文人筆記中有許多關於他好寫豔詩、喜歡歌妓的記載。他晚年住在松江時有四位姬妾，都擅長聲樂，每天乘船泛舟湖上，豪門巨室爭相迎致。他還喜歡和歌妓們交往，為她們作曲。凡是請他宴飲和出遊，一定要有歌妓舞姬到場，以提高他的興致。明洪武二年，朱元璋召他修禮樂書，楊維楨來到南京，為朱元璋訂立了編寫的規章。朱元璋以他是前朝有名的文人，要留他在朝中為官，楊維楨說：「豈有八十老婦人，就木不遠而再理嫁者耶！」於是作〈老客婦謠〉詩以明志，詩中說：「少年嫁夫甚分明，夫死猶存舊箕帚。南山阿妹北山姨，勸我再嫁我力辭。」意謂自己曾為元臣，不再出仕新朝。明洪武三年，楊維楨七十五歲時去世。他一生所著的詩文甚多，今傳有《東維子集》、《鐵崖古樂府》、《復古詩集》、《鐵崖文集》。據宋濂所作墓誌載，楊維楨詩文與其他著作共有五百餘卷，和今存著作相比較，他的作品散失很多。

楊維楨是元代後期較有才華的詩人，他的作品雄奇怪麗、氣象萬千。當時有的人讚揚他的詩作是「剷除一代之陋」；而反對者則攻擊他是「文妖」。這說明楊維楨的詩歌主張和創作實踐都呈現出較為複雜的情況。

楊維楨論詩強調「人品」，認為「評詩之品無異人品也」，正如人有面目骨骼、情性神氣一樣，詩的美醜高下也是如此。他認為從《詩經》、楚辭以降，經過〈古詩十九首〉、陶淵明，一直到唐代的杜甫、李白和李賀，都是好的作品，而齊梁、晚唐、宋末的詩歌創作風氣都是不好的。學習古人，應該向那些好的作家和作品學習。在晚宋江西詩派、江湖派詩風成為強弩之末以後，元代詩人都趨向於晚唐詩風，楊維楨的學古觀點有匡正時弊的作用。

在主張學古的同時，他也反對亦步亦趨地擬古，他認為不能只憑師學，而要任自己的「資」，「詩得於師，固不若得於資之為優也。詩者，人之情性也，人各有情性，則人務有詩也，得於師者，其得為吾自家詩哉！」學習古人而參之以自己的變化，運用較少束縛的體裁來更好地抒寫作者的性情，才是他學古的目的。

在詩歌體制上，楊維楨排斥律詩而提倡古樂府，他認為，詩歌發展到唐代出現的律體，影響到了詩歌的表現力，「詩至律，詩家之一厄也」，他欣賞唐代崔顥、杜甫的有些詩歌，也是因為它們「雖律而有不為律縛者」，甚至說：「律詩不古，不作可也。」（《鐵崖先生拗律序》）他的學生釋安編元人律詩選時，選了他的十餘首「磯硬排傲」的「放律」詩，他說：「是宜所取，雅合餘所講者」（以上均見《蕉窗律詩選》）他自己寫的近體詩「不令人傳」。在他今天傳世的詩集中，也很少能看到他的律詩作品。

楊維楨詩歌中最著名的是古樂府，此外竹枝詞、宮詞和香奩詩也很著名。楊維楨的朋友張雨對他的古樂府給予很高的評價，他說：「三百篇而下，不失比興之旨，唯古樂府為近。今代善用吳才老韻書，以古語駕御之，李季和、楊廉夫遂稱作者。廉夫又縱橫其間，以漢、魏，而出入於少陵、二李（李白、李賀）之間，故其所作古樂府辭，隱然有曠世金石聲，人之望而畏者，又時出龍鬼蛇神以眩盪一世之耳目，斯亦奇矣。」（《鐵崖先生古樂府序》）楊維楨喜歡用古韻古語來寫作樂府詩歌，多數作品是自擬新題，很少沿用樂府舊題。他的樂府詩，在體制上很接近古詩。他的詩歌常常以歷史題材為內容，在歌詠歷史人物和事件的時候，表現出自己的新意，寄託思想情感。有些作品還積極地反映了當時的社會現實，如他的〈鹽商行〉和〈海鄉竹枝詞〉寫海邊鹽民遭受官府、鹽商剝削壓榨的痛苦生活，表現出同情民眾疾苦的思想感情。

在詩歌風格上，楊維楨耽嗜瑰奇，沉淪綺藻。宋濂評價他的詩時說：「其於詩尤號名家，震盪淩厲，浸浸將逼盛唐，驟閱之神出鬼沒，不可察其端倪，其亦文中之雄者乎？」楊維楨的詩風神奇雄闊，詩歌意象瑰偉奇麗，這是作者學習李白、李賀浪漫主義創作風格的結果。他的大部分樂府和古詩，都在走著李白、李賀的詩路，四庫館臣說：「今觀所傳諸集，詩歌、樂府出入於盧仝、李賀之間，奇奇怪怪，溢為牛鬼蛇神者，誠所不免。」雖然他在詩的意境、形象上很接近二李，但詩歌表達的思想情感方面還是不能與李白、李賀的同類作品相提並論的，並且有些詩歌還難免流於形式上的仿造。

出身牧童的詩人王冕

在元朝末年，曾出現了一位清逸高潔、狂放不羈具有遺世獨立的隱士風度的人物，這就是出身牧童的著名詩人、畫家王冕。王冕（一二八七－一三五九年）字元章，號煮石山農、飯牛翁、會稽外史、梅花屋主等，紹興諸暨（今屬浙江）人。王冕出身於貧苦農家，自幼家境貧寒，很小父親就讓他上山放牛，沒有錢供他上學讀書。但是小王冕卻有著很強的求知慾望，他非常喜歡讀書，常常把牛扔在山上，自己偷偷地跑到村塾去聽別人唸書，聽後就默記在心。這樣，他漸漸學會能自己讀書了，對讀書也就更感興趣了，總是想方設法借來書讀。白天他要放牛，晚上為節省燈油，他就到寺廟裡借長明燈自學，常常徹夜不眠，因而進步很快。當時有一位叫韓性的學者，對他的好學精神十分欣賞，專門招收他做自己的學生，使他得到很好的教育和培養。長大後，王冕滿腹經綸，才華橫溢，而且志向遠大，希望能夠為經世濟民做一番大事。但是屢次應進士試而不中，從此決意不再應仕，並把自己寫的文章全都燒掉了。他恃才負氣，常頭戴高帽，身披綠蓑衣，腳穿長齒木屐，擊木劍，在鄉市上邊走邊放聲高歌，當時人們都視之為狂生。因進取不成，轉而變得憤世嫉俗，鄙視功名利祿，加之自己窮苦的生活經歷，使他對人民的疾苦有深切的同情，所以他的許多詩歌表現了批判現實的內容，敢於揭露社會的弊端，譴責權貴的腐化和驕奢。比如〈傷亭戶〉一詩，描繪了一幅窮苦人淒慘的生活圖景：一家鹽民，家中沒有一粒米，大小兒子都餓死了，而鹽官還上門逼稅，拿不出就用鞭子一頓毒打。第二天則是「天明風啟門，殭屍掛荒屋」，深刻揭露了當時階級壓迫的社會現實。

王冕的同鄉王艮在擔任江浙行省檢校官時，一次王艮見他穿著已露出腳趾的破鞋，就送給他一雙新鞋，並勸他出任官吏之職，他笑而不言，棄其鞋而去。後來著作郎李光地又想舉薦他做手下官吏，他竟破口罵道：「吾有田可耕，有書可讀，肯朝夕抱案立庭下，備奴使哉？」只在紹興學府教了一年書，以後就辭職開始四處漫遊。他曾遊歷了杭州、蘇州、江西、湖南等地，足跡遍及南方的名山大川；也曾沿運河乘船北上，先後到過南京、揚州等地，後又到過大都、洛陽和關中。在遊歷過程中，每當遇到與自己志氣相投的人，就相與談古論今，呼酒共飲。提起古代英雄豪傑可歌可泣的動人事蹟時，即慷慨悲吟，議論風發，一展狂士風采。

在旅居大都期間，他見到了曾任過紹興路總管的泰不華。泰不華想推薦他入翰林院任館職，他表示拒絕，說：「公誠愚人哉！不滿十年，此間狐兔遊矣，何以祿仕為？」他已預感到元朝政權已經處於風雨飄搖之中了。並在寓所的牆壁上畫了一幅梅花圖，上面題了兩句詩：「疏梅個個團冰雪，羌笛吹它不下來。」有人認為他是在譏諷朝政，上報朝廷，要逮捕他，他聞訊逃回家鄉。南歸後不久，王冕即到距紹興不遠的會稽九里山開始了他後半生的隱居生活。他在自己住所的周圍栽種了上千株梅花，給自己住的小草屋起名為梅花屋，自號梅花屋主。

在隱居生活中，他已漸近老年，身體多病，只能靠賣畫為生。儘管生活清苦，但狂傲之氣不減。著名詩人宋濂說，他就曾親眼看到王冕在大雪天赤著腳登上潛岳峰，且四顧狂呼：「遍天地間皆白玉合成，使人心膽澄澈，便欲仙去。」他在許多詩中以梅自喻，是梅花傲霜鬥雪的堅強個性和玉潔冰清的品質，與他不甘隨俗浮沉、追求清高的思想發生了共鳴。他自己說「平生愛梅頗成癖」，可為名副其實。他一生以種梅、畫梅、詠梅為樂，在他的《竹齋詩集》裡，詠梅和題畫梅的作品多達一百四十多首，差不多占全部作品的五分之一。他寫梅花，實際是在寫自己，在愁苦孤寂的隱居生活中，仍然追求堅貞、高潔的理想人格和高尚情操。而他在一組詠白梅的詩中則藉歌詠白梅的冰清玉潔，展示了自己不畏風雪嚴寒的狂傲個性和人格風采：

冰雪林中著此身，不同桃李混芳塵。
忽然一夜清香發，散作乾坤萬裏春。
瘦鐵一枝橫照水，疏花點點耐清寒。
雪晴月白孤山下，幾度清香拄杖看。

王冕不但以其質樸自然的詩作流芳後世，他的畫梅也為後世稱頌。他以墨筆寫梅，隨意揮灑，還常在畫上題詩，以抒情言志。他的詠梅詩多數就是題寫在圖畫上的。在一首〈題畫梅〉詩裡，詩人借題梅更直接地抒發了自己的志向、情懷：「我生山野無能為，學劍學書空放蕩。老來晦跡岩穴居，夢寐未形安可模？」透露出孤高狂傲之氣。他的傳世名畫〈墨梅圖〉，更完美地體現了他假圖以見志的特點。畫面上，一枝梅花從右側橫空斜出，花朵以淡墨輕染，極為清新自然，並與峭拔的枝幹形成濃淡對比，以突出梅花的孤傲高潔。在畫的左上方，詩人題詩一首：「我家洗硯池頭樹，朵朵花開淡墨痕。不要人誇好顏色，只留清氣滿乾坤。」不僅道出了該畫的主旨，而且與梅樹的枝杈互相對映，成開合之勢，給人以勻稱凝重之感。然而令人遺憾的是，當這幅名畫傳到清乾隆年間的時候，一向喜歡附庸風雅的乾隆皇帝一時興至，竟在詩與畫之間添上了幾行御筆，致使畫面過於擁擠，失去了疏朗之氣，破壞了該畫的原有風格。

這位出身牧童的孤高傲世的詩人、畫家，以體現其獨特個性的詩作與畫梅作品而引人注目。明、清兩代有很多文人為他作傳。他的形象還出現在吳敬梓的《儒林外史》中，備受人們的喜愛。

「南戲之祖」《琵琶記》

南戲是宋元及明初流行於南方的戲曲藝術。也稱南曲戲文，又名溫州雜劇、永嘉雜劇。它的曲調由宋詞、唱賺和民間小曲綜合發展形成，在表演藝術上以民間歌舞戲為基礎，間受宋雜劇的影響，流行於我國東南沿海一帶。

南戲的體制特點是比較自由靈活，採用分場式，少則十餘出，多則五六十出，較北雜劇規模宏大。開劇有「副末開場」或「家門大意」，由副末介紹劇情梗概和創作意圖。據徐渭《南詞敘錄》記載，南戲角色分「生」、「旦」、「外」、「貼」、「醜」、「淨」、「末」。登場角色都可歌唱，不限定一人主唱，還可二人互唱，數人合唱。音樂採用南曲系統，具有鮮明的江南特色。入明以後，南戲得到進一步完善發展，並分化出四大「聲腔」，後人則習慣稱之為「明傳奇」，主要指弋陽諸腔和崑山腔的劇本，以有別於北雜劇。

南戲本來是民間文藝的產物，演出的劇本也都是師徒相傳的，只是刻印時一些文人對它們進行了加工和修飾。從總體上看，這些作品都以通俗本色見長，無賣弄文墨之弊。《琵琶記》的出現，是上層文人染指傳奇以後留下來的一部重要的作品。

《琵琶記》的作者高明（約一三〇五—一三八〇年），字則誠，號菜根道人，浙江瑞安人。元至正五年（一三四五年）進士。歷任處州錄事、福建行省都事等職。他為官時，能關懷民間疾苦，頗受百姓愛戴。入明後隱居不仕，專力於詞曲。所作〈和趙承旨題岳王墓韻〉較有名，全詩歌頌了抗金英雄岳飛父子，文辭質樸，感情真摯。一些小詩亦有清新可讀之篇。著有詩文集《柔克齋集》。

元朝末年，高明在歷經十餘年宦海浮沉後，秩滿告歸，絕意仕進。他避難於鄞縣櫟社，沉溺於詞曲創作之中，用三年時間寫成《琵琶記》。在這期間，他常閉門謝客，起居坐臥僅在一個小樓上，一邊哼唱曲詞，一邊用腳打節拍，以至於把打節拍處的樓板都磨穿了。每當夜闌更深之際，他常獨自按拍歌舞，桌上兩支蠟燭的光影搖曳交輝。他所借住的小樓也因此被人們稱為「瑞光樓」。

《琵琶記》是對早期南戲《趙貞女蔡二郎》的改編，講述的是趙五娘和蔡伯喈的故事。

蔡伯喈就是蔡邕，東漢末著名文人，《後漢書》中有他的傳記，說他在母親生病的三年期間，衣不解帶地盡心侍候，是個大孝子；可在宋以後民間流傳的說唱藝術中，他卻成了一個遭人唾罵的不孝之人。陸游在〈小舟遊近村舍舟步歸〉中說：「斜陽古柳趙家莊，負鼓盲翁正作場。死後是非誰管得，滿村聽說蔡中郎。」對於這種顛倒是非之事，感慨頗多。高明在《琵琶記》中對蔡伯喈一類由寒門入仕的儒生，就是抱著一種同情和理解的態度。在《琵琶記》第一出的「副末開場」中，高明就用一首〈水調歌頭〉表明了自己的創作意圖，說蔡伯喈是一位「全忠全孝」之人：

> 秋燈明翠幕，夜案覽芸編。今來古往，其間故事幾多般。少甚佳人才子，也有神仙幽怪，瑣碎不堪觀。正是不關風化體，縱好也徒然。
>
> 論傳奇，樂人易，動人難。知音君子，這般另作眼兒看。休論插科打諢，也不尋宮數調，只看子孝共妻賢。正是驊騮方獨步，萬馬敢爭先。

劇中，作者首先寫蔡伯喈本來不打算求取功名，只想一心一意在父母身邊盡孝，「甘守清貧力行孝道」。他說：「論功名非吾意兒。」可父母和親朋好友非讓他到京城去應試不可，其父蔡公以「不為祿仕，所以為不孝」給蔡伯喈施加壓力。在迫不得已的情況下，蔡伯喈極不心甘情願地踏上了科舉之路，他的人生道路上個人悲劇和家庭悲劇也就從此開場了。由於長年在外遊歷求仕，不能侍奉父母，蔡公臨死前罵他是不孝之徒。在周圍親朋眼裡，他對父母生不能養，死不能葬，更覺得是大逆不道。他本人身居官位而入贅相府，讓飢寒交迫的賢妻在家獨守空房，心裡十分難過，違心地做自己不願做的事，還要背負罵名，這是何等痛苦和尷尬的人生。

作者為了替蔡伯喈開脫罪責，還精心設計了「三不從」的情節：在蔡伯喈赴考之前，他的家庭生活美滿和諧。皇帝「出榜招賢」時，他不願趕考，父親不從；當他中舉後不願娶牛小姐為妻，牛丞相不從；當他上表辭官，皇帝老子不從。辭考不從、辭婚不從、辭官不從，使蔡伯喈無法照顧家庭、侍奉父母，結果父母在饑荒中死去。在封建時代正統觀念中，忠、孝原是統一的，但作者卻注意到兩者之間的矛盾，尤其是政治權力的絕對要求對家庭倫理的破壞，這反映了知識階層在維護家庭和服務於政權之間常常會出現的兩難選擇。如劇中聖旨所說：「孝道雖大，終於事君；王事多艱，豈遑報父。」由於蔡伯喈的軟弱和奴性，由於他身上存在著「名韁利鎖，先自將人摧挫」的弱點，竟能在夾縫中求生存，成為「全忠全孝」的榜樣。他雖說要辭官回家養親，可只是口頭上說說而已，行動上仍屈從於聖旨，不可謂不忠。他的父母雖在兒子走後餓死家中，但因支持兒子出來做官事君，死後得到封贈，符合封建統治者所說的「大孝」。這就是高明稱他為「全忠全孝」的原因。

但《琵琶記》裡的這一個蔡伯喈形象的典型意義，並不全在於他是否忠孝，還在於同時反映了以蔡公、皇帝、牛丞相為代表的現世權力對蔡伯喈個人意志的壓迫。他雖然被塑造成一個孝心無限、謹守古訓的形象，但他也有對新婚妻子的愛戀，對田園生活的嚮往，這些都因為與君親之命相衝突而不能滿足。他在一段唱詞中說：

> 我穿著紫羅衫倒拘束我不自在，我穿的皂朝靴怎敢胡去揣？我口裡吃幾口荒張張要辦事的忙茶飯，手裡拿著個戰欽欽怕犯法的愁酒杯。

他的矛盾性格、精神痛苦以及他對求取功名的懺悔，於此可見。這不僅反映出當時讀書人身上存在的軟弱和動搖，也反映出士人被科舉制度扭曲了的雙重人格。

趙五娘是《琵琶記》中著力刻畫的人物。蔡伯喈赴考之前，她就意識到自己將來處境的艱難，說：「我的埋怨怎盡言？我的一身難上難。」可她最終還是答應讓丈夫放心赴考，自己在家一定好好侍奉公婆。當她得知蔡伯喈入贅相府後，仍把贍養公婆作為自己應盡的義務。她寧可自己挨餓受屈，也不讓公婆感到不安。飢寒交迫中，她弄來吃的讓公婆吃。她默默忍受一切不幸和苦難。在她身上有著中國勞動婦女吃苦耐勞、淳樸善良的優秀品質，反映出敬老尊老情操。

《琵琶記》代表了南戲在進入明清「傳奇」階段之前發展的頂峰，有較高的藝術成就。結構上兩條線索交叉進行，一條是蔡伯喈步步陷入功名的羅網，滿心愁苦地應酬於一片榮華富貴的氣氛中；一條是趙五娘含辛茹苦，拼命掙扎在貧困艱難的境地，許多場面交錯出現，相互映襯，使人留下難忘的強烈感受。作品的曲詞也寫得十分出色。作者抒發感情，委曲必盡；描寫物態，躍然紙上，能根據人物的不同的身份和處境，寫出不同格調的曲詞來。如牛小姐的唱詞，文雅華麗；趙五娘的唱詞，淒婉質樸。在「糟糠自厭」一出中，趙五娘獨唱的四支「孝順歌」，歷來被認為是作者的神來之筆。曲詞從趙五娘吃糠難以嚥下的痛苦寫起：

> 嘔得我肝腸痛，珠淚垂，喉嚨尚兀自牢嘎住。糠！遭礱被舂杵，篩你簸揚你，吃盡控持。悄似奴家身狼狽，千辛萬苦皆經歷。苦人吃著苦味，兩苦相逢，可知道欲吞不去。

曲子寫趙五娘觸物生情，從吃糠之苦，聯想到糠的苦，以及自己同糠一樣受盡顛簸的命運，又從糠和米想到自己和丈夫的分離，引起對丈夫的思念和埋怨。被遺棄的糟糠之妻吃糠，一肚子的苦水藉糠傾訴出來，具有震撼人心的藝術力量。李贄評點此曲時說：「一字千哭，一字萬哭，可憐！可憐！」

總之，經過高明這位著名文士的加入，南戲從民間俚俗的藝術形式，發展到成熟階段，這在戲曲發展史上有著重要的意義和作用，對後來南戲諸腔的發展有深遠影響，所以又稱《琵琶記》為「南戲之祖」。

《拜月亭記》：元末四大傳奇之一

元末明初的南戲，過去有所謂「四大本」，就是指《荊釵記》、《劉知遠白兔記》、《拜月亭記》和《殺狗記》，通常簡稱「荊、劉、拜、殺」四大傳奇，在中國戲劇史上影響很大，甚至在明清時代，一個戲班能否上演這幾部戲，就標誌著這個戲班演出水平的高低，可見當時重視的程度。其中《拜月亭記》相傳是元末著名的雜劇、散曲作家施惠根據關漢卿的雜劇《閨怨佳人拜月亭》改編而成。現在原劇本已經不存，僅有明代萬曆年間世德堂刊印的《新刊重訂出相附釋標注（拜）月亭記》比較接近作品原貌。從中可以了解到劇情故事的梗概。

在金朝末年，蒙古大軍南下，攻克了金朝都城——中都（今北京），金王室遷都汴梁。

兵部尚書王鎮正出使在外，王夫人帶著女兒瑞蘭倉皇逃跑避難。不幸兵荒馬亂中，瑞蘭與母親失散，得遇秀才蔣世隆，二人於是結伴同行。在患難中，兩人互相關照產生了愛情，並在招商店中結成夫妻。不料蔣世隆又病倒在店中，偏巧王鎮出使歸來，在店中歇宿，因而見到了女兒瑞蘭。他不滿瑞蘭和蔣世隆的婚事，以門不當戶不對為由，強行把瑞蘭帶走，拋下了窮困潦倒的蔣世隆，致使恩愛夫妻被迫分離。王尚書帶著瑞蘭回家後，又找到了瑞蘭的母親王夫人，和她與瑞蘭失散後收養的義女瑞蓮。瑞蘭日夜牽掛病中的丈夫，因而整天心煩意亂，愁眉不展。她剛剛認識的妹妹瑞蓮不了解實情，與她開玩笑，說：「姐姐是在想姐夫呢！」沒想到瑞蘭竟板起臉來，說：「咱們找爹爹評評理，這樣亂說話，大概是你這小鬼頭動了春心吧？」這麼一來，瑞蓮嚇得連忙向姐姐求饒。瑞蘭雖然用這種強辯的方法把真情瞞過了，但卻因被妹妹說中了心事而更加痛苦。於是當晚上夜深人靜的時候，她以為瑞蓮已經睡著了，就獨自到院中焚香拜月，低聲禱祝，願病中的丈夫早日痊癒，也好使自己夫妻儘早團圓。正當她焚香默念、傾訴怨懷的時候，躲在旁邊偷聽的瑞蓮走出來拉住她的衣襟，也嚇唬她說要同她一起去見父親。瑞蘭終於被撞破了心事，沒辦法，就向瑞蓮講出實情。可是她也沒想到，當瑞蓮聽到「蔣世隆」的名字和籍貫時，竟然嗚嗚痛哭起來，弄得瑞蘭一時疑惑不解，馬上想到她莫非是蔣世隆的舊妻妾？那份擔心和難過就更不用說了。最後還是瑞蓮解釋說，蔣世隆是她的親哥哥，他們兄妹二人也是逃難時在亂軍中失散的。這一下就把兩個人的關係拉得更近了，瑞蘭十分欣喜地說：「這真是太好了！從今後我們兩個人比以前應更加親熱。我不但是你的姐姐還是你的嫂嫂，你既是我的妹妹又是我的姑姑啦。」劇中表現這段情節極富有藝術感染力。前面瑞蘭的哀訴是一個悲劇的氣氛，而此時則是一個喜劇的場面，從而達到悲喜交集的戲劇效果。最後全篇以蔣世隆得中狀元，終於夫妻、兄妹得以團聚收場。一場由戰亂引起的流離失所的人間悲劇，以大團圓的喜劇結束。

全劇以蔣世隆和王瑞蘭的愛情婚姻波折為主線，通過一系列誤會巧合等戲劇結構手法，巧設關目，使劇情曲折變化，起伏跌宕，在思想與藝術上都取得了較高成就。作品突破了「才子佳人一見鍾情」，繼而「後花園私訂終身」的俗套，著力表現在金元之交的戰亂背景下，蔣、王二人生死與共，在患難中結下的堅貞、純潔的愛情，因而增強了劇作的現實性和藝術真實性。進而深刻批判了封建門第觀念與不合理的婚姻制度。其中對人物性格的把握也非常自然貼切，符合人物的身份。所以這部劇一向被認為是寫得比較成功的作品。在明代，何良俊、徐復祚等人甚至認為已經超過了高明的《琵琶記》，評價很高。從中可見作者的創作水平與藝術功底。

然而關於作者施惠的生平，史料記載不多，根據鍾嗣成《錄鬼簿》等有關資料介紹，可以對他有一個大概的了解。施惠字君美，杭州人，生卒年不詳。祖傳以造琴為業，故平生居吳山城隍廟前，從事經商活動。閒時好填詞作曲，曾與人合作雜劇《鷫鸘裘》，他寫其中的第二折。劇本也已失傳。除《拜月亭記》外，今尚存散曲1〈南呂‧一枝花〉一套，收在《北宮詞紀》中。

《荊釵記》：荊釵為聘娶玉蓮

元代南戲除了《琵琶記》外，還有些較著名的劇作。其中元後期出現的《荊釵記》、《劉知遠白兔記》、《拜月亭記》和《殺狗記》，被稱為「四大傳奇」，簡稱荊、劉、拜、殺。這些劇本都是經過文士們加工過的，已經不是原來師徒相傳時的模樣了。現存的元代南戲劇本多數為明代刻本，明顯帶有明人修改的痕跡，「四大傳奇」也不例外。如《荊釵記》在明初就有朱權的崑山腔傳奇改編本，《拜月亭記》在明代被改名為《幽閨記》等。但根據一些較為接近古本的改編本，亦可以看出元代南戲在題材內容和藝術表現方面的特點。

荊、劉、拜、殺四劇，主要以愛情婚姻和家庭倫理為故事內容，有宣揚道德教化的創作傾向。如王十朋在早期民間戲文中並非「義夫」，而《荊釵記》則有意將他描繪成「忠孝節義」俱全的人物。劉知遠棄家投軍後，被岳節度使招為女婿而步步高升，實有負於糟糠之妻，可劇作家仍要把他寫成一個有情有義的人。

《荊釵記》一般多認為是元人柯丹邱所作，明呂天成《曲品》、清黃文《曲海總目》、焦循《劇說》等，都認為《荊釵記》的作者是柯丹邱。王國維曾有過不同的看法，認為《荊釵記》為寧獻王所作。其實王國維並未見過所謂的「丹邱先生」的舊本，只是一種猜想。經近人考證，作者為柯丹邱還是可信的。柯丹邱的生平不詳，但從題款中，可知他應當是蘇州人，曾參加過當時的民間組織「敬先書會」。

《荊釵記》今存多種版本，其中以嘉靖溫泉子編集，夢仙子校正《原本王狀元荊釵記》較近古本。

《荊釵記》敘述了窮書生王十朋和大財主孫汝權分別以一支荊釵和一對金釵作為聘禮，向錢玉蓮求婚，錢玉蓮因王十朋是「才學之士」，留下了他的荊釵。成婚後，王十朋赴京趕考喜中狀元，因拒絕万俟丞相的逼婚，被調往煙瘴之地潮陽任職。他的家書被孫汝權截去，改為「休書」，繼續糾纏玉蓮不止。錢玉蓮不認為「休書」是真的，堅決拒絕繼母要她改嫁孫汝權的威逼，投江自盡，被人救起，後跟隨恩人遠去他鄉。王十朋聞知愛妻自殺，盟誓終身不娶。玉蓮誤聽十朋病亡噩耗，也執意不再嫁。數年之後，於吉安重逢，夫妻荊釵為緣，最終得以團圓。作品通過王十朋中狀元後不忘舊妻的故事，歌頌了他「糟糠之妻不下堂，貧賤之交不可忘」的做人信念和道德品質。在未中舉前，王十朋是個有才學的寒儒，家境清貧；可貌美心善的淑女錢玉蓮偏看上他，情願以富嫁貧。這使王十朋非常感動，終身難忘。他中狀元後拒絕逼婚，調任後毫無反悔之意，聞知妻子被逼投江，立志不肯再娶。有人以「不孝有三，無後為大」相勸，他表示「寧違聖經」而不忍忘記貧賤夫妻的情義。他因此而被譽為「義夫」。

與「義夫」相匹配的是「節婦」錢玉蓮。她擇偶看重德才而不是錢財，當城中闊少孫汝權送來金鳳釵作議婚聘禮、而王十朋家只出得起木荊釵時，她選擇了木荊釵。但她的後母貪圖錢財而逼她嫁給孫汝權，她誓死不從。孫汝權串通她的家人，將王十朋中舉後寄回來的家書偷改為「休書」，她也決不相信。她自言「烈女不更二夫」，被逼無奈，只好投水自盡。幸好被一官人救起，收為義女，帶往福建任所。數載後，王十朋升任吉安，夫妻倆偶然意外相逢，悲喜交集。

《荊釵記》的開場「家門」聲明了此劇是為了表彰「義夫節婦」而作，要使「義夫節婦千古傳揚」。它的目的是提倡夫婦間的相互忠誠和信任。在這個意義上，王十朋被塑造為與早期南戲中富貴易妻的蔡伯喈、王魁、張協等人物相對立的形象，從與之相反的角度表達了相同的家庭倫理觀念。同時，劇中也蘊含了一些令人耳目一新的、具有進步意義的社會生活理想。作品中把「義夫」和「節婦」作為相互對應的一對概念，表明了妻子的「節」是以丈夫的「義」為基礎的，丈夫的「義」又是以妻子的「節」作為報償的，這已突破了傳統的道德理念所賦予的正規內容。劇中人物追求堅貞不渝的愛情的舉動，在一些方面已突破了傳統道德的規範，如王十朋寧願無後也不願再娶，錢玉蓮不聽從父母之命。這種對愛情的忠誠，並不一定符合封建道德倫理的要求，但卻使人物的言行煥發出了光彩。

《白兔記》：獵兔見母李三娘

《劉知遠白兔記》是「永嘉書會才人」在《五代史平話》和《劉知遠諸宮調》等的基礎上編撰而成的。現存的幾種明代加工本情節稍有差異。劉知遠是五代時期後漢的開國皇帝，作為一個窮軍漢出身而登上皇帝寶座的人，他的許多遭遇都為老百姓所喜聞樂道。民間一直流傳有他和李三娘的故事。《劉知遠白兔記》的核心內容，就是寫他的「發跡變泰」以及他和李三娘悲歡離合的故事：劉知遠未發達時窮困潦倒，後來被李文奎收留作為佣人，李文奎見劉知遠勤奮有為，有帝王之相，於是就把女兒許配給劉知遠。李文奎去世後，李三娘的兄嫂對劉知遠百般刁難、凌辱，劉知遠不堪忍受，憤而離家從軍，在戎馬生涯中建功立業。李三娘在家受盡欺侮，在磨房中生下兒子咬臍郎，並託人送到劉知遠處。咬臍郎長大成人後，由於追獵一隻白兔，與生母重逢，終於喜得團圓。由咬臍郎獵白兔而得劇名為《白兔記》。

「貧者休要相輕棄，否極終有泰來時」，是《劉知遠白兔記》所要表達的思想。劇中的矛盾衝突，主要圍繞著李三娘與兄嫂李洪一夫婦的家庭矛盾展開。李三娘因父母雙亡和丈夫貧窮，受到兄嫂挖空心思的迫害。兄嫂視入贅李家的流浪漢劉知遠為眼中釘，先是強迫他寫休書，後又逼他棄家投軍。丈夫被逼走後，兄嫂又逼李三娘改嫁，三娘不從，就受到非人的折磨，「日間挑水三百擔，夜間推磨到天明」，還要經常挨兄嫂的打罵。她在磨房生孩子時無人照料，只得自己用嘴咬斷孩子的臍帶，然後託人將這咬臍郎給劉知遠送去。十六年後，已變泰發跡的劉知遠做到九州安撫使的大官，咬臍郎也長大，因出獵追趕白兔遇見生母，質樸、善良、堅貞不屈的李三娘，終於能與夫、子團圓。劉知遠為報答三娘，特意將李洪一夫婦加以發落。

《白兔記》是元、明之際的民間作品。此劇故事的來源甚古，金代時就有《劉知遠諸宮調》。全戲共三十二出，開篇有詞曰：

> 五代殘唐，漢劉知遠，生時紫霧紅光。李家莊上，招贅做東床。二舅不容完聚，生巧計拆散鴛行。三娘受苦，產下咬臍郎。

知遠投軍，卒發跡到邊疆。得遇繡英岳氏，願配與鸞凰。一十六歲，咬臍生長，因出獵認識親娘。知遠加官進職，九州安撫，衣錦還鄉。

一首〈滿庭芳〉，將整個故事交代得一清二楚。從這首開始曲中也可以看出，《白兔記》是以質樸無華見長的。劇中唱詞並無雕琢之嫌。比如，李三娘受難中的一些唱詞，很是動情：

第十六出：〈強逼〉：

〈慶青春〉：（旦上）冷清清，悶懷戚戚傷情。好夢難成，明月穿窗，偏照奴獨守孤另。

〈集賢賓〉：當初指望諧老年，和你廝守百年。誰想我哥哥心改變，把骨肉頓成拋閃。凝眼望穿，空自把欄干倚遍。兒夫去遠，悄沒個音書加轉。常思念，何日裡再得團圓。

〈攪群羊〉：嫂嫂話難聽，激得我心兒悶。一馬一鞍，再嫁傍人論。夫去投軍，認敢為媒證？那有休書，認敢來詢問？你如何交奴再嫁人？

第十九出：〈挨磨〉：

〈鎖南枝〉：星月朗，傍四更，窗前犬吠雞又鳴。哥嫂太無情，罰奴磨麥到天明。想劉郎去也，可不辜負年少人。磨房中冷清清，風兒吹得冷冰冰。

〈鎖南枝〉：叫天不應地不聞，腹中遍身疼怎忍。料想分娩在今宵，沒個人來問。望祖宗陰顯應，保母子兩身輕。

前三首曲子是兄嫂逼迫李三娘改嫁時所唱的，後兩首曲子是李三娘磨房產子時所唱。從這些明白如話的唱詞中，反映出李三娘內心的苦痛和思念之苦。情感之豐富，內容之充實，比起有些文人們的雕章琢句來的文章更有魅力和感染力，更能使大家因理解而感動。

《白兔記》由於是民間的集體創作，所以反映出極強烈的平民意識。劇中寫李洪一夫婦的貪婪狠毒，以種種古怪刁鑽的方法折磨李三娘，欺凌劉知遠，表現了平民們普遍的愛憎分明的鮮明立場。

《殺狗記》：同胞手足兄弟情

《殺狗記》是宋元四大南戲之一，一般認為是明初人徐仲由根據元代蕭德祥的《楊氏女殺狗勸夫》雜劇改編，又經過馮夢龍的加工潤色而成的。故事中出現的審案官員開封府尹王脩然，歷史上實有其人，他是金代著名的清官，故「殺狗勸夫」故事可能是金代流傳的民間傳說。全劇三十六出，描寫的是封建地主家庭的矛盾糾紛。孫華、孫榮兄弟受人挑撥失和，孫華之妻楊月真用殺狗代屍之計，揭露了挑撥者，使兄弟二人重歸於好。兄弟之間有親密的血緣關係，他們同樣受恩於父母，同胞共乳，親如手足，應該和睦友愛，互相幫助，同甘共苦，這是古今都應遵守的起碼的道德。但在封建倫理道德中，除了要求兄友弟恭之外，還規定長子對父親的財產、官職有直接承襲之權，幼子次之，弟事兄如父，為弟的要無條件地順從兄長（即弟悌），遂造成許多不平等和兄弟糾紛。我們從《殺狗記》一劇可以認識到封建道德的不合理，了解封建社會的生活面貌。故事情節如下：

開封府有孫華、孫榮兄弟二人，父母早亡，留下巨資家業。孫華恃長倚強，把持家私，不務正業，整天在外面吃喝玩樂。孫榮十八歲了，他酷喜讀書，不問家事，對兄嫂非常恭敬順從，但兄長孫華卻嫌他執拗、欠圓通、不曉世事。後來孫華與兩個市井小人柳龍卿、胡子傳結義為兄弟，三人朝歡暮樂，醉酒狂歌，親密無比。柳、胡二人常說：「我們三人結義，真個賽過劉關張。大哥有事，都是我弟兄兩個擔當，火裡火裡去，水裡水裡去。大哥若是打殺了人，也是我們弟兄兩個替你償命。」孫華對這兩個諂諛之徒深信不疑，而把孫榮看做仇人寃家一般，經常打罵。孫榮雖痛苦難忍，卻不敢埋怨。孫華妻楊月真善良賢惠，見他兄弟失和，憂心忡忡，常見機規勸，但孫華片言難進，一意孤行。柳、胡二人恐怕孫華被楊氏勸轉，與弟和好而疏遠他倆，就對孫華說：「大哥，孫二要毒死你，以便獨占家私。你若不趕走他，恐遭他毒手。」孫華信以為真，叫來孫榮，怒斥道：「你整天讀書，百事不管，坐吃山空，如何得了？趕快到外州經營求利，休賴在家裡！」孫榮身無分文，被哥哥趕出家門。孫華為感謝兩位義弟的「救命」之恩，又請他倆上酒店吃喝玩樂一番，大醉而歸。妻楊氏和侍妾迎春勸他快把孫榮找回來，兄弟和好，孫華不但不聽，反把她們打罵一頓。

孫榮被逐出家門，無處安身，只好到客店住下，因欠房錢，沒幾天就被逐出來，且被剝去了衣服。孫榮絕望之下要投河自盡，被一個姓孫的老漢勸住，孫老漢指點孫榮到城南破瓦窯中安身。寒冬臘月風雪交加，孫榮又凍又餓，只好沿街乞討。路過一個酒館，孫榮被酒保喚住，說裡邊有個富人要賞他一口剩飯，進到裡邊，見哥哥正與兩個義弟喝酒，孫榮嚇得趕快逃走了。孫華本想發善施捨叫花子，沒想到遇到孫榮，自感受了羞辱，罵了幾句，醉醺醺地走出酒館。胡、柳二人假意攙孫華，見他醉眠在雪地上，便偷了他剛花八錠銀子買的羊脂玉環和剩餘的二錠銀子，揚長而去。孫榮乞討回來，被雪中之物絆了一跤，回身一看，見是哥哥醉臥雪中，昏睡不醒，就不顧飢寒，迎風踏雪，掙扎著把哥哥背到家。楊月真和迎春非常感激，留孫榮吃飯。孫榮剛吃幾口，孫華就醒了，他見孫榮就打罵，還賴孫榮偷了他銀子和羊脂環，孫榮辯解不清，趕緊回窯。家僕吳忠瞞著孫華來看孫榮，安慰道：「二官人，不要愁悶，人若孝悌天心順。」一天，柳、胡二人來到破窯內，挑唆孫榮告他哥哥孫華獨斷家私，遭到孫榮拒絕，二人想兩頭挑唆、兩邊勸解以討謝儀的詭計未能得逞。

孫榮被兄逐出半載，快到清明節了。楊月真事先派安童到莊園囑王老實如此這般。王老實為孫家管了三代莊庫，年高九十三歲。他趁孫華來農莊上墳時，勸孫華與弟和好，孫華惱羞成怒地說：「沒想到這個老僕竟不懂規矩，敢教訓主子！準是孫二教唆的，等我回去收拾那小畜生！」孫華到家，就派吳忠去暗殺孫榮，吳忠口中答應，心想一定要教小主人快逃生。

孫華又去找兩個義弟喝酒去了，柳、胡說：「大哥，你有天大的事，我們兩個替你承當！」三人大醉而散。孫華到家時，前門已關，只得繞到後門。孫華剛要推門，突然被什麼東西絆倒了，爬起來一看，是具血淋淋的死屍，孫華嚇得魂飛魄散，跑進屋與妻商議對策。楊氏說：「快去找你兩個義弟幫著移屍滅跡，免吃官司！」孫華找到二人，二人都推託有病，不肯幫忙。楊月真與孫華趕忙赴窯中找孫榮，孫榮念及手足之情，不顧前嫌，慨然應諾。孫榮代兄把屍首背到野外連夜埋掉，孫華深受感動，兄弟和好。柳、胡二人抓住孫華把柄，向他敲詐錢財，未遂，便到官府告發孫華殺人移屍，孫榮出庭，承擔了殺人之罪以保護哥哥，孫華更為感動。最後月真到場揭出謎底。原來，月真為使丈夫辨明親疏，買來一條狗殺死；扮作人屍，放在後門口，遂導致了這場官司。經官掘屍檢驗，真相大白。柳、胡二人因見利忘義，誣告不實而受杖刑、發邊充軍，孫家因滿門賢孝而受朝廷旌表，孫華做了中牟縣尹，孫榮做了陳留縣尹，楊月真金冠霞帔，封賢德夫人。

《殺狗記》的主要思想是宣揚「親睦為本」「孝友為先」「妻賢夫禍少」等封建道德信條，說教氣息比較濃厚。作者極力讚揚的孫榮和楊月真，是屈服於封建家長淫威之下的可憐蟲。孫榮事兄如事父，對兄長逆來順受，被逐出家門，住在破窯中挨餓受凍，吃盡苦頭，還說「打殺我終無怨恨，割不斷手足之親」，乞討時都怕讓熟人遇見，「辱沒了哥哥臉面」。而當兄長遇到官司時，他替兄埋屍，為兄擔罪，真是個悌弟的典型。因他「被逐不怒，見義必為，克盡事兄之道」，受到了皇帝嘉獎，做了縣尹。楊月真的賢德，表現為對丈夫不敢違抗，只能規勸，不厭其煩地講「妻子易得，兄弟難得」的道理。她認為「背夫之命散夫之財」「於禮不可」，故不敢周濟小叔子，最後以殺狗代屍之法勸夫，使孫華悔悟。作品還強調「親者到底只是親」、「結義的到底只是假」，以維護和鞏固封建宗法制度、血緣家庭。作品還借吳忠、王老實兩個義僕宣揚了「貴賤有序」的道德觀念。大段的說教令人生厭。在四大南戲中，《殺狗記》的思想性最差。

儘管《殺狗記》極力美化封建秩序，進行封建道德教化，但我們依然可以看出封建道德的片面性、虛偽性。孫榮可謂是克盡弟道了，但孫華對他沒有一點友愛之情，甚至要謀殺他。統治者要求別人絕對遵守封建道德規範，而自身卻不受它的約束。因此孫華為了爭奪家私，就撕破了仁義道德的假面目，對親兄弟也冷酷無情，兇殘暴虐，喪失人性。孫華自我標榜的「性稟剛貞，胸懷仁義」全是幌子。其次，我們還可以看到封建家族制度的專橫和黑暗。在宗法制家庭裡，家長有生殺予奪之權，其他成員沒有獨立的人格和自主權利。人們在禮教的侵蝕、束縛下，喪失了獨立的意志，孫榮的遭遇就給人們這樣的啟示：如果心甘情願地匍匐於禮教之下，只能自食惡果。第三，從〈王婆逐客〉、〈孫榮奠墓〉、〈喬人算賬〉等出中，還反映出「世情看冷暖，人面逐高低」的世態炎涼。如安童所唱〈梧桐樹〉說：「世事只如此，只重衣衫，那重人賢惠！如今只重錢和勢，你恁貧寒識甚高低？」再如胡、柳二喬人偷了孫華的錢財後幻想做財主的醜態，以及「如今的人有了銀子就無狀起來」的諢語，都是畫龍點睛之筆。

《殺狗記》的語言質樸無華，「我有黃金千萬兩，不因親者卻有親」、「結交須勝己，似我不如無」，「河狹水急，人急計生」等話既俚俗又警闢。全劇故事也很曲折完整，像〈窯中受困〉與〈孫華家宴〉的貧富對比，孫榮乞討卻在酒館與孫華相遇等情節都富有戲劇性，表明「廚中有剩飯，路上有饑人」的社會黑暗程度。另外，反面人物柳龍卿、鬍子傳的形象栩栩如生，有這兩個喬人穿插全劇，使這部說教味很濃重的劇作也不乏生動的場面和令人忍俊不禁的趣語。

文言小說的佳作：《嬌紅記》

元朝時，白話小說（即話本）較興盛，文言小說則呈衰微之勢，傳世名作極少，而《嬌紅記》卻是一篇文言小說的佳構。它又名《嬌紅傳》，作者宋遠，字梅洞。該篇直承唐代言情小說的優秀傳統，下啟明代《剪燈新話》等文言小說，足能為元代文言小說增光添彩。

《嬌紅記》以兩萬字的鴻篇為申純、王嬌娘這對戀人唱了一曲迴腸蕩氣、淒豔悱惻的愛情輓歌。宋宣和年間，成都書生申純天資聰穎，俊逸風流，但初次科考落第，因此抑鬱寡歡。家居月餘，便到舅家做客。表妹嬌娘天然瑩秀，色奪畫中之人，申純一見傾心，幾不自持。從此，申純功名心頓釋，日夜思慕嬌娘，希望有機會向她傾訴衷腸。但嬌娘莊重謹慎，不苟言笑，且好猜疑。申純每以情試之，她或以不相關的話岔開，或嚴肅若不可侵犯狀。嬌娘對申純時親時疏，若即若離，申純猜不出她是否有情。一次，嬌娘獨自在小閣中畫眉，申純便要求她把畫眉所用燈花分給自己一半以寫家信，嬌娘痛快地答應了，並親手掰開燈花。申純笑道：「我要把燈花留著，作為你有情意的憑證。」嬌娘立刻變了顏色，說：「妾無他意，君何戲我？」申純怕別人聽見，趕快走開了。此後申純內情更熾，以至夜不成寐。嬌娘被申純的癡情所感動，她對申純表示：「我豈敢故作鄭重以要君呢？只怕情愛有始無終，後患無窮。將來之事君若能承擔責任，妾將相從到底，果不濟，妾當以死謝君。」申純聽了嬌娘的表白，無異於受到了鞭策。一次，嬌娘約申純夜至熙春堂下花叢中幽會，不料當晚下了大暴雨，無法赴約，申純悵恨不已。次日晨，嬌娘低聲對申純說：「自古好事多磨，然妾既許君矣，當另想辦法。」不幾日兩人互相剪髮設誓，雖然兩情極為慕戀，然終無合聚之機。一天，申純家來信讓他回去。申純到家無大事，很快又來舅家。一天晚上，嬌娘尋便到申純室，說：「向日熙春堂之約並不合適，易被人發現。今晚我以計支走婢女，兄乘夜至妾室，妾開窗以待。」申純猶豫地說：「此計固然很好，但也太危險了！」嬌娘變色曰：「事已至此，君怕什麼？人世間還有鍾情如我二人的嗎？事敗當以死繼之。」申純說：「如這樣，我也沒什麼遺憾了。」是夜，申純仗膽來到嬌娘室，嬌娘又驚又喜，二人欣然共入羅帳，成就男女之事，兩情歡娛無比。天將亮，嬌娘讓申純歸舍，囑今後在人前相遇，言行要謹慎，不要讓人看破。從此申純每夜必至嬌娘室停宿，一個多月後，就被舅舅侍女飛紅、湘娥發覺了。嬌娘厚賂她們，情事被瞞下來，父母毫無所知。

一天，申家來信遣僕催申純歸家，申純只好回去。申純央求父母到舅家求婚，並私下讓媒人給嬌娘捎去一封情書。媒人向舅說明申家求婚美意，舅以內親成婚違犯朝廷法令為由，堅拒不從。媒人把情書私付嬌娘，嬌娘作二絕句讓媒人捎給申純，哽咽著說：「離合緣契乃天之所為，轉告三哥無事宜來，勿以姻事不成為念。」申純因親事未成而愁苦不堪，每誦嬌娘的詩即流淚，遂感傷成疾。父母求巫作法為申純消災，巫醫得了申純私賂，就揚言申純中邪了，必須到遠方避難，申純父母就讓他再去舅家。申純在舅家一住數月，與嬌娘情意更深厚了。舅之侍女飛紅亦有姿色才情，但因舅母善妒，故未曾獲寵，遂轉而迷戀申純，兩人常相戲謔玩耍。嬌娘疑申、紅有私，就藉機怨詬飛紅，飛紅也尋機揭發申、嬌之隱私。一天，申純極力表白與飛紅無私情，嬌娘疑猜稍解，便拉申純到後園發誓設盟。飛紅乘機賺夫人遊園。夫人遙見申、嬌並行，左右無人，便喚嬌娘，申純狼狽返室，惆悵不已。申純無顏留住舅家，即告歸。

申純在父母逼令下，與兄申綸共同溫習書史，預備明年赴科考。但因思念嬌娘而心難安頓。七月中旬，舅赴眉州通判之職，道經申家，留宿三天，申純得見嬌娘，但無隙深談，遂依依而別。八月秋試，申純與兄俱在高選。次年春，兄弟雙雙及第，授官，純授洋州司戶。舅來信祝賀，並邀兄弟在赴任前去做客，申純獨至舅家。舅母讓申純住在距客廳很遠的僻靜處，防止他與嬌娘接觸，申純為避嫌，言行很謹慎。嬌娘為了與申純來往，就屈身討好、厚賂飛紅，嬌、紅消除隔閡，飛紅極力為申、嬌會面尋找機會。她們發現申純兩個多月以來有意疏遠嬌娘，且精神倦怠。後經窺視，才知申純被一化為嬌娘容貌的女鬼祟住。舅母遂命申純搬到內宅居住。申、嬌祕密來往兩月餘，歡愛如往昔。不幸舅母病逝，嬌娘很悲痛，無心顧申純，加以舅家事雜，申純乘間告歸。飛紅專寵於舅後，遂婉轉為申、嬌設媒。舅從飛紅之言，請申純幫他料理家務。申純到後不幾天，舅赴外任，申、嬌來往全無阻礙，像夫妻一樣生活。不久，舅悔當初拒絕申家求婚之事，主動求與申家結姻，申父允之，遂定親。申、嬌喜不自勝。

豈料好景不長。成都顯貴帥大人之幼子極好色，他從與申純相好過的妓女丁憐憐那裡得知嬌娘為絕色佳人，就讓父親派人去求婚。舅開始時拒絕這門親事，但在帥家威逼利誘下，就把嬌娘改許與帥公子。申、嬌知緣分已盡，更珍重目前的情愛，然內心都極悲哀。嬌娘憂鬱成疾，兩月起不來床，帥家又下聘催速成婚，舅對申純也加以防範，申純便決定歸家。他無可奈何地對嬌娘說：「勉事新君，你我從此永別了。」嬌娘怒曰：「兄丈夫也，堂堂五尺之軀，乃不能謀一婦人。事已至此，更委之他人，君何忍心！妾身不可再辱，永屬於兄！」言訖痛哭，申純去留未決。正在這時，申父有病，來信催申純回家，遂與舅辭別。時嬌娘潛出，立父身後，與純四目相視，不禁泣淚滿面，怕父見怪，就忍住哭聲回內室，父命她與純告別，她也沒出來。

申純走後，嬌娘病重，飛紅捎信讓申純前來見嬌娘最後一面。二人背著家長相聚兩日，於舟中泣別。為反抗帥家婚事，嬌娘先假託感疾佯狂，後引刀自盡，都未成。後絕食而死。申純聞訃音，亦絕食而盡。舅痛悔自己兩違親事，害殺申、嬌，遂命飛紅主持把嬌娘靈柩發往成都，申家把申、嬌合葬於濯錦江邊，所謂「谷則異室，死則同穴」也。次年清明節，王父至墳所祭女，當時只見一對鴛鴦上下飛翔，捕之不得，逐之不去。祭畢，雙鳥亦不見了。後人遂名此墳為「鴛鴦塚」。

《嬌紅記》同〈鶯鶯傳〉、〈霍小玉傳〉一樣，是以悲劇而告終的。所別者，男女主人公彼此鍾情，雙雙被封建勢力吞噬。王通判在申純以布衣身份向嬌娘求婚時，他以內親成婚犯條法為由加以拒絕；申純及第授官後，他卻主動與申家定親；在帥府的威逼利誘之下，他又毀棄與申家之婚約，把嬌娘轉許帥公子。從王通判身上突出地表現了封建禮教、家長制、婚姻制的罪惡。因此，申、嬌的愛情悲劇也是時代的悲劇，他們飽嚐了愛情的甜蜜和苦痛。申純身上固然有狎妓、戲婢、盜繡履之缺陷，但他畢竟不同於始亂終棄、忘恩負義的張生、李益。自從與嬌娘相愛，便全身心墜入情網。他堅守與嬌娘的盟誓，至死無悔無怨。在嬌娘殉情後，他將父母之恩，已取得的功名富貴全置之度外，毅然以死回報情人，其至誠令人感動。與申純比，嬌娘在戀愛過程中更為大膽和癡情。她對申純進行了反復試探與考驗，然後果斷地訂情，以身相許。在重重阻撓面前，不卻步，不回頭，直至以死反抗父命和帥府逼迫，使生命放出最後的閃光。當然，申、嬌性格也存在弱點。他們追求的是全新的愛情，但卻寄希望於父母之命，媒妁之言。而當王父初拒申家求婚、再毀已訂之婚約時，他們既不敢把已愛到生死難捨的實情明告父母，又不敢公開反抗。只能歸怨於天命，以自毀自盡來結局，從而保證那份可憐而又可貴的情感的完整與自由。因此可見主人公的盲目、糊塗與軟弱，他們的個性與尊嚴還沒有完全覺醒。正如蜜蜂拼全力於一螫，申、嬌二人雙雙殉情既淒慘又剛烈，讓人哀婉，又令人驚嘆。

讀故事．學文學

遼金元文學故事　下冊

編　　著　范中華
版權策劃　李　鋒

發 行 人　陳滿銘
總 經 理　梁錦興
總 編 輯　陳滿銘
副總編輯　張晏瑞
編 輯 所　萬卷樓圖書(股)公司
排　　版　鄭　薇
封面設計　鄭　薇
印　　刷　百通科技(股)公司

發　　行　昌明文化有限公司
桃園市龜山區中原街32號
電　　話 (02)23216565
傳　　真 (02)23218698
電　　郵
SERVICE@WANJUAN.COM.TW
大陸經銷
廈門外圖臺灣書店有限公司
電　　郵
香港經銷
香港聯合書刊物流有限公司
電　　話(852)21502100
傳　　真(852)23560735

ISBN 978-986-92492-5-6
2018年1月初版二刷
2015年12月初版一刷
定價：新臺幣250元

如何購買本書：
1.劃撥購書，請透過以下帳號
帳號：15624015
戶名：萬卷樓圖書股份有限公司
2.轉帳購書，請透過以下帳戶
合作金庫銀行古亭分行
戶名：萬卷樓圖書股份有限公司
帳號：0877717092596
3.網路購書，請透過萬卷樓網站
網址 WWW.WANJUAN.COM.TW
大量購書，請直接聯繫，將有專人為您服務。(02)23216565 分機10

國家圖書館出版品預行編目資料

遼金元文學故事 / 范中華編著.
-- 初版. -- 桃園市：昌明文化出版；
臺北市：萬卷樓發行, 2015.12
冊；　公分. --(讀故事.學文學)

ISBN 978-986-92492-5-6(下冊：平裝)

857.63　　　104025927